克·勒·门
文·丛

为艺术为爱情

和温可铮在一起的日子

王述 著

生活·读书·新知 三联书店

图书在版编目(CIP)数据

为艺术为爱情:和温可铮在一起的日子 / 王逑著.—北京:生活·
读书·新知三联书店,2019.8
(克勒门文丛)
ISBN 978 – 7 – 108 – 06446 – 2

Ⅰ.①为... Ⅱ.①王... Ⅲ.①回忆录—中国—当代 Ⅳ.①I251

中国版本图书馆 CIP 数据核字(2019)第 014786 号

责任编辑 麻俊生
封面设计 储 平
责任印制 黄雪明
出版发行 生活·讀書·新知 三联书店
 (北京市东城区美术馆东街 22 号)
邮 编 100010
印 刷 常熟市文化印刷有限公司
排 版 南京前锦排版服务有限公司
版 次 2019 年 8 月第 1 版
 2019 年 8 月第 1 次印刷
开 本 880 毫米×1230 毫米 1/32 印张 8.75
字 数 182 千字
定 价 48.00 元

目录

序一 │ 留住上海的万种风情

陈钢

"克勒"曾经是上海的一个符号，或许它是 class（阶层）、color（色彩）、classic（经典）和 club（会所）的"混搭"，但在加上一个"老"字后，却又似乎多了层特殊的"身份认证"。因为，一提到"老克勒"，人们就会想到当年的那些崇尚高雅、多元的审美情趣和精致、时尚生活方式的"上海绅士"们。而今，"老克勒"们虽已渐渐离去，但"克勒精神"却以各种新的方式传承开发，结出新果。为此，梳理其文脉，追寻其神韵，同时将"老克勒"所代表的都会文化接力棒传递给"大克勒"和"小克勒"们，理应成为我们这些"海上赤子"的文化指向和历史天职。于是，"克勒门"应运而生了！

"克勒门"是一扇文化之门、梦幻之门和上海之门。推开这扇门，我们就能见到一座座有着丰富宝藏的文化金山。"克勒门"是一所文人雅集的沙龙，而沙龙也正是一台台城市文化的发动机。我们开动了这台发动机，就可能多开掘和发现一些海上宝藏和文化新苗，使不同的文化在这里可以自由地陈述、交流、碰撞和汇聚。

这里有作家、诗人、画家、音乐家、演员、记者和来自四面八方的朋友们。他们不仅在这里回顾过往,将记忆视为一种责任,更是以百年上海的辉煌作为基点,来远望现代化中国的灿烂未来!有人说,"克勒门"里的"同门人"都很"纯粹"。纯粹(pure)和单纯(simple)还不完全一样。单纯是一种客观的状态,而纯粹,是知晓世事复杂之后依然坚守自己的主观选择。因为"纯粹",我们无所羁绊;因为"纯粹",我们才能感动更多"同门人"。

记忆是一种责任。今天,当我们回望百年上海时,都会为这座曾经辉煌的文化大都会感到自豪,但也会情不自禁地为那一朵朵昔日盛开的文化奇葩的日渐萎谢而扼腕叹息。作家龙应台说,文化是应该能逗留的。为了留下这些美丽的"梦之花",为了将这些上海的文化珍宝串联成珠,在人世间光彩永放,"克勒门"与发祥于上海的"老牌"出版社生活·读书·新知三联书店共同筹划出版了这套"克勒门文丛",将克勒门所呈现的梦,一个一个地记录下来。

这里,我们所推出的这本书是年将九旬的钢琴家王迭所著的回忆录——《为艺术为爱情——和温可铮在一起的日子》。

《为艺术为爱情》是普契尼歌剧《托斯卡》中的咏叹调,是一首爱情的传世名曲。王迭以此作为书名,是再也恰当不过的。因为,艺术和爱情是温可铮,也是王迭的生命支柱和终生追求。

温可铮是一个为歌而生的天才歌唱家,他说:"我活着就是为了唱歌。"他还说:"音乐是我生活的唯一意义,我所有的自尊自信都来自音乐。"他甚至高声地向世界宣告:"我要唱,

我要唱,我连骨头都能唱呀!"温可铮真是个天生的歌唱家,他生在北京,生在皇城根下的一条老胡同里,而这个胡同也就是今天国家大剧院的宅基地。10岁时,温可铮就以一曲《爱情的喜悦》获得了歌唱的"天才儿童音乐奖";17岁时,为了实现自己的理想报考音乐学院,他竟然咬破手指,写下了血书:"我不当上歌唱家、不当上教授,就不回家!"接着,就毅然离家出走,到南京去投奔著名的男低音歌唱家斯义桂和斯义桂的老师、俄罗斯歌唱家苏石林了。甚至,他还要以"爬也要爬到莫斯科"的决心去寻找苏石林的故乡。更为令人感动的是,在年过花甲之后,他还要在国外寻找美声唱法的真谛。正是因为有这样对艺术无限膜拜的精神,温可铮才能将《老人河》与《伏尔加船夫曲》唱得那么深沉感人,将《跳蚤之歌》和《酒鬼之歌》唱得如此令人叫绝,也才会被誉为"夏里亚宾再现"。《纽约时报》称赞他的嗓音力度"美妙神奇""使人动容与震撼"!温可铮,就是这样令人"动容"和"震撼"地唱呀唱,唱呀唱,一直唱到78岁,唱到突破低音艺龄的最高年限,直到唱到国家大剧院即将建成,唱到他所期待的在这所新建的舞台上举行80大寿音乐会前,他终于倒下了,带着未竟的心愿倒下了!可是,为音乐而生、用生命咏叹的温可铮,他的精神是永远不会倒的!

爱情是温可铮生命中的阳光雨露。如果说,温可铮是为音乐而生的话,那么王逑就是为温可铮而生的。50多年来,他们风雨同舟,相守相爱,琴瑟和鸣,不离不弃,共同谱写了一曲爱的赞歌。特别是在那个特殊年代里,当温可铮在不堪凌辱后作出生死抉择时,是妻子王逑守护着他,支撑着他,用爱与艺术挽留住他……

"好,你想死,我陪你一起死,但我得把话讲清楚。我记得你父亲说你一年级的时候就写作文,要成为伟大的歌唱家。是吗?"

"是的。"

"你的理想实现了没有?"

"没有。"

"那你现在觉得唱够了吗?"

"没有!"

"那你教够了吗?"

"没有!"

"那你能甘心死吗?!"

我们读过许多动人的爱情小说,听过无数美丽的爱情歌曲,可是,这一段简短朴实、铿锵有力的爱情对白,就如一声劈天的惊雷,重重地打在人们心上。我们不得不相信爱因斯坦的话——爱是宇宙间最大的能量!

王述是温可铮的终身伴侣,他们在灵魂中交合,在琴声中相融。温可铮走了,王述留了下来,继续用她弹钢琴的手,为温可铮天堂里的歌声轻轻伴奏。她不仅一个键一个键地弹奏着音乐,同时又一个字一个字地书写历史,记录本真。历史在她的笔下犹如慢慢展开的画卷,那么清晰,那么逼真。虽然我们不忍重读,可是不予重读的历史会不会又再次重现呢?读吧!读吧!当你的目光在它每一个章节上驻留时,你的心也一定会随之收放,随之喟叹,随之欢呼……

"克勒"是一种气度、一种格调,更是一种精神、一种文化。让我们一起走进"克勒门"和"克勒门文丛",寻找上海,发现上海,书写上海,歌唱上海,让我们每个人都成为有历史守望与文化追寻的梦中人,传承和发扬高雅、精致和与时俱进的海派文化精粹,用我们的赤子之心留住上海的万种风情!

序二 ｜ 怎能忘记这首《爱情的喜悦》

　　回想起 80 年前（1939 年）发生在北平的往事。那时我 10 岁，可铮也 10 岁。我在东城普育小学读五年级，可铮在西城绒线胡同小学也读五年级。正是在这一年，华北举行了成年人歌唱比赛，温可铮以一名少儿歌手的身份参加了这场比赛，并以一首意大利歌曲《爱情的喜悦》获得"天才儿童音乐奖"金奖，并被冠以"音乐神童"之称。一时激起古城音乐界一阵不小的热浪，获奖者的歌声在北平广播电台反复播放达数月之久。

　　我作为普育小学合唱团的成员，也经常在北平广播电台的儿童节目里表演小合唱和器乐合奏等节目，但那时可铮已是广播电台的独唱小演员了，他以一副优美且飘逸的童声（boy-soprano，男孩未变声时的童音）征服了一众中小学里热爱声乐的男孩女孩，其中我就是属于那种对他佩服得五体投地的可铮的爱好者。

　　1941 年我被保送到育英中学（一所教会学校），真是无巧不成书，可铮这一年也考进了育英中学。在育英中学男声合唱团的第一次联欢会上，我们合唱团员作自我介绍时，当听到那多少有些腼腆的男孩的口中蹦出"温可铮"三个字时，全体团员起立并鼓起雷鸣般的掌声。我们的音乐导师兼合唱指挥胡腾骧老师代表全体合唱团员对新加入的同学表示了热烈的欢迎，并说育英合唱团是一支有着悠久而光荣历史的男生合唱团，和隔壁的贝满女中合组的"育英贝满混声合唱团"是誉满平津的合唱劲旅。

我迫不及待的，一等老师说散会，就找到可铮，谈及我对他的敬羡之情。正谈时，我们的钢琴伴奏，比我们高一年级的吴瑞同学也急急地走过来，和我俩说："你们是今年入学的吗？我比你们高一班，我叫吴瑞，咱们今后可以找机会多在一起谈论音乐了。"看人都走光了，只剩我们三人，吴瑞打开琴盖，顺手就弹起那首可铮得奖的歌曲《爱情的喜悦》。我俩让可铮为我们再唱一次，可铮随琴声就用法语低吟起这首美妙的歌曲。在第二次重复时，可铮放大了声音，其声音之美，竟把离开不久的合唱团员又吸引回来几位。大家静静地听，在他唱完后，都惊叹不已。

可铮、吴瑞和我三人几乎在课余一有机会就聚在一起。一年下来，我们互访了每个人的家庭。可铮的父亲是北平著名大律师，家住在绒线胡同，就是现在建起国家大剧院的那个地方。他们家是典型的北京四合院。

吴瑞的父母都是科学家，吴瑞的父亲是北京协和医学院的首任华人院长，母亲是协和医院营养学科的奠基人。吴瑞极细心而又有爱心，对我们俩都十分关怀、体贴。

我的家庭比较简单，一家四口，父母和我们兄弟两个。父亲是北平铁路学院的教授，母亲是师范学校的毕业生，但为了相夫教子，她一天也没在外面工作过。父亲是个琴棋书画样样拿得起的文人，平日里父亲下班后总是在家或吹拉弹唱，或提笔作画。他的一举一动对我和弟弟在音乐和艺术上的启发和培养都是至关重要的。

可铮、吴瑞和我经过一年的交往，亲如手足，于是在我们的共同倡议下，我们三人决定结拜为金兰之交。先买了三份证书（那时的文具店里都有售），或曰"换谱"，我们在一个星期六的课后，就在育英初中部的白色小楼的阳台上，焚香三支，燃烛三支，行礼如仪，结为异姓兄弟。我们并不信奉佛教，但这是传统仪式，不想打破。吴瑞比我俩大一岁是大哥，可铮比我大三个月为二哥，我则敬陪末座，是老三。我们在那段日子里，有说不完的心里话，唱不完的美好歌曲，同学们都称羡不已。

我们一起参加了全市的每年一次的歌咏比赛，育英男声合唱团总是全市第一，而育英贝满混声合唱团又是经常获平津或华北省市比赛的金奖。可铮经常在全校大会上为同学们演唱，所以他是全校的名人，几乎不分年级，没有人不认识他的。大家把他昵称为"温头儿"，是育英的一张亮丽的名片。育英音乐教育实力雄厚，全校共有七八位学有专长的音乐教师，其中的顶尖人物就是蜚声海峡两岸和国际的音乐大师李抱忱博士，他曾主持育英的音乐教育一二十年。

听音乐会是非常开心的事，我们三人几乎都是一起前往。有时在北京饭店礼堂，有时在协和医院礼堂，有时也在公理会教堂。我们听过沈湘、黄友葵、茅爱立、池元元等人的独唱音乐会，也听过朱宣育的钢琴独奏，李信征先生的乐锯（music saw)独奏。我们听音乐会的一项必不可少的功课就是听后不过一两天,可铮就把他们演唱的歌曲唱给我俩听。不管原歌曲是男高音的还是女高音的,他都拿来唱。我们也跟着学了(或者说见识了)许多欧洲古典歌曲。什么《索尔维格之歌》《鳟鱼》《夏日里最后的玫瑰》《菩提树》《乘着歌声的翅膀》《圣母颂》《伦敦德里小调》《重归苏莲托》《跳蚤之歌》《多年以前》《连斯基咏叹调》《仰望苍空》《斗牛士之歌》《当晴朗的一天》《小夜曲》等等,还有很多,远不只这些。可铮都尽量找到原文的谱子。好在我们的嗓子都还没变音,所以什么都唱,用一句京剧的术语,就是"文武昆乱不挡"。在无拘无束中,我们自学了大量经典歌曲。可铮抓紧每个机会认真实践,我俩也受益匪浅。少年的岁月就在这美好的音乐中度过。

抗战胜利的那年,北平各界举办多种庆祝活动。音乐界则筹备演出一部歌剧《松梅风雨》,作曲是当时著名作曲家兼指挥家张肖虎先生,他是清华大学工学院毕业生,但音乐的造诣很深。乐队基本上是张肖虎的班底,外加北平师范大学音乐系的师生、燕京大学音乐系的师生,另外还特别邀请了清华大学和北平几所音乐基础比较好的中学的学生,其中就有育英中学,自然可铮、吴瑞和我都被选上参加合唱队。经过1945年的暑假里半个月的紧张排练,终于在9月份开学前在北平和天津各演了7场,场场爆满,好评如潮,各界要求再加几场,但因都是老师和学生,开学在即,只能爱莫能助了。我们在那次演唱中,结识了很多音乐界的朋友,这就为后来可铮到南京就读南京国立音乐学院埋下了伏笔,因为演员中有三四位该校的学生,如魏启贤、王福增等,他们极力邀可铮到他们学校学习。

1946年可铮真的告别北平只身南下，这让我们三人情何以堪？真是难舍难分，整日愁眉苦脸的，甚至我们都有在梦中哭醒的记忆。这一年，吴瑞被育英中学保送到燕京大学化学系学习，我送他俩离去，整日难解离愁，只好独自唱着马斯奈的《悲歌》。

1947年，我高中毕业，只报考了我心仪的清华大学建筑系一个志愿，因总分比录取线低了三分，而被清华先修班录取。1948年春，我因病重而不得不回到已在台湾的父母家治疗。但当我病愈后再次回大陆，又考取了清华大学外文系，而这时得知吴瑞已在1948年随全家移民美国了，他在走前，曾诚恳地邀可铮和他们一起去美国，并可在美国继续深造，但被可铮婉言谢绝了，理由是他不能弃祖国而去。

多年以后，1957年可铮代表国家参加世界古典音乐独唱比赛，获银质奖章，为祖国争了光。那时他28岁，已经在上海音乐学院任教了。我也在1954年毕业，被留在北大外语系任教，吴瑞也在宾夕法尼亚大学获得生化专业的博士，他事业有成，在生命科学领域成绩卓著，曾被选为中国工程院外籍院士，也被中国台湾地区"中研院"选为院士。

1984年，我移民美国与家人团聚。同年，可铮也被康奈尔大学邀请为音乐系的访问学者，这里正是吴瑞执教的学校，我们三人终于能在异国他乡重聚了。可铮应邀到处演出、讲学，并多次来纽约，我们三人抓住这难得的机会，几度欢聚。我为可铮介绍了纽约华人知识界及文化界的精英相会，并由此诞生了"北美华人爱乐合唱团"，可铮任艺术总监及指挥，大大活跃了美东的声乐活动,也提高了华人的声乐地位,他为美东播下了声乐的种子。

可铮受国内音乐界的一再呼吁:"早日归来吧,你的学生和未来的学生都期盼你的归来!"远离故土,思乡心切。可铮深知这是历史的召唤,痛感肩上的重担,应趁改革开放的大好时机,回到上海音乐学院主持声乐教学,并多多培养声乐的接班人。可铮为了在晚年尽其所能发挥余热,在上海、北京两地选拔人才,精心培养,同时也到处举行个人独唱会。据统计他的个人演唱会达300余场,参加演出2000余次,是中国音乐史上创纪录的。可铮把对事业的不懈追求始终放在第一位,能为广大听众演唱是他终生的信条。一息尚存,演唱不停,就在2006年的12月3日,他还拖着病身在北京举办"俄罗斯经典声乐作品音乐会",一口气演唱了14首歌曲。众所周知,可铮演唱时不论剧场大小他都不用电声,所谓麦克风。那是很要演唱功底的,没想到这一次竟成了"绝响"。

可铮不幸于2007年4月19日与世长辞了,才78岁。对于一位有着巨大成就的音乐家、教育家来说,这样的年纪离去,不是太早了吗?深深令他的亲人、学生和广大的音乐爱好者无法接受,万分惋惜啊!一代亚洲男低音歌王就这样驾鹤西去了!

不要难过,他留给人间的动人的歌声、科学的声乐教学法、慈祥的面庞和一颗善良、热情的心将永不消失!

作为可铮的挚友,我会在可铮的歌声的陪伴下不断重温着我们往日的情谊,特别是我童年时第一次听到可铮唱的那首《爱情的喜悦》!

序三 ｜ 怀念我的老师

俞子正

小时候，听过一首歌"月亮在白莲花般的云朵里穿行，晚风吹来一阵阵快乐的歌声，我们坐在高高的谷堆旁边，听妈妈讲那过去的事情……"

读着王述老师的回忆录，就真是这样的感受。

在踏上汾阳路之前到现在，漫长的40多年，温老师的故事听了几十遍了，就像同一条河流的流水，每天听到的却都是不同的声音。

如今读师母的回忆录，依然是心潮起伏。"*Vissi d'arte, vissi d'amore*"（《为艺术为爱情》），老师的一生就是这首咏叹调。

字里行间，师母，用心在倾诉；我们，用心在倾听。

老师执着于歌唱艺术，倾注了整个生命，因为他是一个真心喜爱艺术的人。

老师除了歌唱，心无旁骛，因为他是一个简单真实的人。

老师精于艺术，疏于迎合，因为他是一个正直诚实的人。

老师大喜大悲，从不掩饰自己的好恶，因为他是一个情感丰富的人。

老师历经苦难而初心不改，因为他是一个自强不息的人。

我的老师是一位把心奉献给歌唱艺术，把爱奉献给学生的歌者、父亲、导师、榜样！

艾青的诗写道："假如我是一只鸟，我也应该用嘶哑的喉咙歌唱：这被暴风雨所打击着的土地，这永远汹涌着我们的悲愤的河流……"老师便犹如那只鸟，用他低沉而宽厚的歌声歌唱爱情、歌唱大自然、歌唱美好……一直唱了半个多世纪。"然后，我死了，连羽毛也腐烂在泥土里面。为什么我的眼里常含泪水，因为我对这土地爱得深沉……"

老师的一生，是一个执着的传奇，一个人能如此热爱歌唱艺术，如此倾注生命为此奋斗，令所有人敬佩、敬仰！我们从师母的回忆录中深深感受到这种执着的力量。

"十年生死两茫茫，不思量，自难忘……"老师走了，师母埋头整理出版了老师的大部分音像资料，整理了老师的歌谱和教学笔记，举行了纪念老师的音乐会和各种纪念活动，又写下了这本珍贵的回忆录。年将九旬的老人，依然留恋在和老师共同生活过几十年的旧房子里，房子的每个角落仿佛依然有老师当年的身影和气息，还有那难忘的歌声，这怎不让人感动和由衷的尊敬！

作为温老师的弟子，我和所有同门的师兄师姐师弟师妹一样，尽管我们做不到老师那样的执着勤奋，我们也达不到老师那样的艺术高峰，但是，我们能做的是继承老师的优秀品格，继承老师对艺术对教学的不懈追求，努力向老师学习，不辜负老师对我们的培养和期待，多做点好事，多做点善事，多培养些优秀的学生,多关心关心师母。

"长亭外,古道边,芳草碧连天。晚风拂柳笛声残,夕阳山外山……"老师的歌声,在大地上回荡,永远、永远。

自序 | 艺术与爱情的真谛

2006年12月3日,可铮和我夫唱妇弹的最后一场音乐会,是在北京音乐厅举办的"俄罗斯经典声乐作品音乐会"。北京文艺界有名望的声乐教授及著名歌唱演员几乎都来了。可铮那天的演唱达到了出神入化的境界,从声音的运用、歌曲的处理和内容的表达,到戏剧性的表演,都使观众叹服。掌声一浪高过一浪,经久不息。演出结束,我们刚回到家,就有学生打长途电话过来:"热烈祝贺老师演出获得巨大成功!"可铮问:"你怎么知道的?""是我的学生听了这场音乐会后激动地给我打电话,说老师唱得太棒了!这哪像快80岁的人啊!……"

是啊,那时可铮正准备在自己80岁时,带着他心爱的学生们在国家大剧院开一场高水平的独唱音乐会。可谁也没有想到,可铮走得那么急。北京音乐厅的这场音乐会,不幸成了可铮的绝唱。

说来也巧,那天可铮演唱的俄罗斯歌曲,大部分都是他真正踏上声乐艺术道路时,他的恩师苏石林教授教他的俄罗斯浪漫曲和俄罗斯歌剧咏叹调。恰在可铮生命中最后一场音乐会上，他以完美的歌声，向恩师，也向热爱他的听众，奉献了他数十年孜孜以求的声乐艺术典藏精品。可铮这场让人始料未及的收官之作，让他收获了圆满，更让他收获了观众永恒的掌声。

可铮一生热爱和追求声乐事业，不论是逆境还是顺境，他的理想和目标始终如一，就是要成为世界一流的歌唱家！无论遇到什么样的艰难和险阻，他从没有停止脚步，努力地攀登歌唱艺术的巅峰。

朝夕相处，琴瑟和鸣。比歌动人的是情，比情更深的是人。如今，可铮去了天堂，而我还留在人间。在人间的虽痛不欲生，但不能辜负他对艺术的追求，不能辜负他对声乐爱过生命的一生。这是我们爱情的纽带，是我们爱情的真谛！

可铮的歌唱艺术不仅是他个人的，也不是我所能拥有的，它是属于祖国的，是属于伟大的生他养他的这片热土的，是属于伟大的中华民族的。

为了可铮，为了我们共同的理想和初心，我必须学会坚强，忍住巨大的悲痛，拿起手中笨拙的笔，记录下可铮和我从相识、相恋、相爱直到相伴、相随、相依的点点滴滴、岁岁年年……

一

1929 年 2 月 17 日农历正月初二,鞭炮声此起彼伏,家家都在过着热闹的春节,这时在北京天安门广场西侧绒线胡同西口育抚院 6 号一所四合院里,传出响亮的男婴的哭声,温可铮诞生了。

可铮的父亲温志贤在北京是一位非常有名的大律师,曾担任过法院院长一职。他不但精通法律,还具有极高的文化修养。他热爱、熟知中国传统的诗书画,他收藏书画并能辨别真伪,能自己修补及装裱书画。他又热爱京剧和昆曲,并常为京剧、昆曲演员修改剧本。可铮的母亲蔡晏平是一位善良、仁慈、宽厚的家庭妇女,一个好妻子、好母亲,她把自己所有的爱,全部奉献给了这个家庭。

可铮的父亲温志贤　　　　　　可铮的母亲蔡晏平

　　由于可铮的父亲酷爱戏剧和书画,所以家中来往的朋友都是画家或戏曲演员。其中有名的画家有吴镜汀、陈半丁、徐燕荪、秦仲文、胡佩衡、王雪涛等,有名的京剧演员有荀慧生、张春华(武丑)、马连良(老生)、李玉茹(旦角)、张君秋(旦角)等。家中还有一个带着大喇叭的唱机,经常播放梅兰芳、尚小云、程砚秋、荀慧生四大名旦及其他小生、老生的唱片。可铮自幼生活在这样的家庭中耳濡目染,深受传统文化的熏习。

　　可铮自幼就是个京剧迷,尤其喜爱金少山、郝寿臣、杨小楼等京剧名家的唱腔。在小学时他还专门拜杨小楼的女婿刘砚亭为师学唱京剧。

　　可铮幼时非常淘气,可是当他听到长辈们谈古论今时,他立刻安静下来,站在父亲身边听他们谈画、读唐诗宋词、唱京剧和昆曲。可铮还经常随父亲去琉璃厂、故宫博物院赏画。

小时候的可铮

唱京剧时的可铮

我曾经听可铮的父亲说，可铮在 4 岁时曾把当时木胶唱片套戴在头上，用两条白毛巾扎在手腕的袖口上，当作水袖。他站在炕上又唱又演，学得惟妙惟肖，觉得非常过瘾。他 7 岁时在京剧《法门寺》中一人扮演 3 个角色，在家里津津有味地表演，并曾上舞台当过一回票友。

1935 年，可铮进入绒线胡同小学。音乐老师发现他的嗓子特别好，那时他唱童声男高音，唱歌时非常有乐感而且很投入。1938 年，9 岁的可铮参加了华北广播儿童合唱团，担任独唱演员，并正式登上舞台进行独唱演出。这个时期可铮第一次接触到西洋古典音乐，听到意大利美声唱法。此时可铮也开始跟着表叔秦仲文学习绘画。

秦仲文是中国近现代书画家，1915 年入北京大学政法系，1918 年参加蔡元培校长主办的中国画法研究会，在书画史论和书画艺术上具有极深厚的传统笔墨功底。他的画作浓

近现代书画家、可铮的表叔秦仲文

郁浑厚、简括宁静，从技法到意蕴均富文气，是坚持笔墨为宗的我国传统北派的重要代表画家之一，曾担任北平大学艺术学院书画系主任。他仔细观察，认为可铮是可造之才，就开始教他绘画。

可铮刚上初中时，天桥尚有许多北京旧有的说唱艺人，经常在天桥演出，京韵大鼓、乐亭大鼓、北京单弦、相声等，可铮都怀着极大的兴趣去听。那时北京的胡同里，常能听到小贩的叫卖声，有吆喝卖鸭梨的、卖菱角的，还有磨剪子戗菜刀的。这些小贩的吆喝都是连叫带唱，特别好听。可铮也饶有兴趣地去学习模仿。凡是喊的他都喜欢学。我认识可铮后，他常学给我听。但是他学歌剧完全是从唱片里学的。

那时候家里人都喜欢听京剧唱片，偏偏可铮就喜欢买外国的唱片，就是当年那种从日本进口的原版木胶唱片。

一个在北京土生土长的小孩，在没有人指导的情况下，居然自己知道找西洋音乐的唱片去听，可铮真是天生与西洋音乐有缘。

可铮从王府井小摊上买旧唱片,拿回家后坐在带着大喇叭的唱机前静静地听。他听意大利男高音歌王卡鲁索、吉利的演唱,又听俄罗斯男低音歌王夏里亚宾的演唱,真是如醉如痴。

1939年可铮10岁,他参加华北地区成人声乐大赛,以一曲意大利歌曲《爱情的喜悦》(马尔蒂尼曲)荣获"天才儿童音乐奖"金奖,被称为"音乐神童"。

获奖后的可铮一发而不可收,他到处打听北京有什么好的教西洋唱法的老师,他偷偷地跟母亲要一些钱,积攒够了就用作学费去学习。他在小学一年级时的作文《我的理想》中郑重地写道:"我将来要做一位伟大的歌唱家。"

可铮痴迷于唱歌,表叔秦仲文很不高兴,因为他看到了可铮在绘画上的艺术天赋,认为可铮学习国画进步特别快,将来会成为一位伟大的国画家。但可铮更喜欢唱歌,他决定以歌唱作为他终生事业,而把画国画作为他的艺术修养。1941年,可铮因唱歌好而考入当时北平名校育英中学学习。他在学校是文体活跃分子,是学校的"歌唱明星",多次荣获北平市各种类别和中学生歌唱比赛第一名,并有机会与当时的歌唱名家同台演出。

1945年抗日战争胜利,北平市文艺界以文学创作、音乐创作来庆祝抗战胜利。在燕京大学音乐工作室工作的作曲家张肖虎创作了中国第一部歌剧《松梅风雨》,北平的一些音乐家参加了演出,导演陈绵博士,钢琴徐环娥,乐队指挥茅沅,小提琴李庚铮,大提琴雷振邦,长笛李竞,单簧管周乃森,荣誉军人由男高音李鸿浜扮演,诗人由男高音吕培生、沈湘扮演,恶霸汉奸由男中音魏启贤、王福增扮演，母亲由女中音严仁冥扮演。池元元、全如玢、李晋玮等唱女高音的也参加了演出。歌剧中需要合唱，他们就找到可铮。可铮召集了育英中学当时有正义感的、喜欢唱歌的同学姚学吾、吴瑞、金克迈、孙国良等和燕京大学音乐系的学生一起唱合唱。

当时在北平六部口有一所庙，是所大的四合院，三面都有房子，大家就在院子里排练。天津工部局有乐队来参加伴奏，从天津来的有隋克强（后担任中央音乐学院管弦系主任），北京还有赵梅柏。因那时是放暑假，休息、吃饭也都在庙里。

《松梅风雨》在北平演了两周，演出地点是在米市大街西总部胡同口外的大华电影院。演员们乘大卡车到燕京大学、清华大学等北平名校宣传此歌剧，宣传海报铺天盖地，北平多家报纸也以大量篇幅进行宣传，歌剧演出获得极大成功，轰动了整个北平城。

后到天津演出，在天津中国大戏院演了 4 场，场场满座，同样获得极大成功。

演出结束后，女孩子们住在剧院楼上，男孩子们睡在舞台上。有一次，李晋玮（沈湘教授夫人）从楼上走下梯子，突然看见可铮站在舞台中间，身上披着白被单，用黑鞋油涂在脸上，还用鞋刷把脸刷亮，演唱歌剧《奥赛罗》。可铮又唱又表演，真是太精彩了。遗憾的是，极具戏剧表演天赋的可铮由于各种原因一生都没有机会演过一部歌剧。

可铮特别关注声乐名家在北平举办的独唱音乐会。男低音歌唱家斯义桂来北平开独唱音乐会时，他攒钱买票去听。男高音歌唱家沈湘在北平开独唱音乐会时，为了能到现场听沈湘的精彩演唱,他自告奋勇,拎了一桶糨糊,手臂下夹着演出广告,骑着自行车到王府井、东单、西单等热闹的地区去张贴。

可铮父亲和姐姐乃铮,常说到可铮小时候的一些趣事。可铮是个活泼好动的小男孩,但父亲管教非常严厉,为了逃避父亲的管教,他把蟋蟀都养在房顶上。春天放风筝的季节,他就在房顶上放风筝。冬天和同学去中南海溜冰,有一次掉进冰窟窿里,同学好不容易把他拉上来,他全身湿透,冻得瑟瑟发抖,赶紧跑回家,又担心碰见父亲,幸好姐姐来开门,见到可铮这样狼狈,急忙把溜冰鞋藏到她的卧室,让可铮快去换衣服,免得让父亲看见又要一顿责骂。

一次听乃铮姐说,母亲带着可铮去河北遵化为哥哥相亲,下着大雪,天寒地冻,娘儿俩坐着骡车,身上盖着毯子,但可铮的一只脚却露在外面,等相亲后回到北京,可铮的那只脚已经冻得生疮发炎了。

可铮家是前后院式的四合院房,父母亲住在后院,奶奶和兄嫂住在前院。一次可铮淘气,父亲要责罚他,他快速跑向前院嫂子的房门口,地上刚好放着一锅烧得滚烫的水,他一脚就踩进锅里,等把小皮鞋及袜子脱下时,脚上的皮全都烫掉了。

再有一次,可铮在育英中学操场上荡秋千,越荡越高,同学们都在一边拍手叫好。好强心使他荡得更高,突然支撑不住,一松手人就被甩了出去,一头扎

可铮的姐姐温乃铮

进旁边的煤堆里。老师和同学们都吓坏了,把他从煤堆里拉出来,见他满脸是血,立刻送去医院,并通知他父母。可铮左眼下角一直有一小块黑瘢,据他说这就是当时黑色煤渣没有洗净留下来的。我们结婚后,可铮一直开玩笑说,他的两只脚,一只脚是生于热带,一只脚是生于寒带。乃铮姐说,可铮小时候虽然好动顽皮,反应极快,但他胆子小,不敢做太出格的事。如果听到大人有谈论京剧、书画,以至后来听到音乐,他会很快安静下来,专心地去听、去欣赏。

可铮在中学时代有两位最好的同学,他们都深爱音乐,情投意合。3个人曾在北京育英中学的教学楼里,在买来的金兰谱上庄严地写下他们的名字,结为金兰之好。第一位是吴瑞,他是美国康奈尔大学华裔终身教授,基因工程学奠基人之一。他曾在北京燕京大学主修生物化学,1948年去美国继续学业,1955年获宾夕法尼亚大学生物化学博士学位。因他专业方面的出色成就,曾获选中国台湾地区"中研院"院士,2001年又获选为中国工程院外籍院士。吴瑞对故乡特别有感情,他曾拿出50万美元设立吴瑞研究生奖学金,为中国先后培养了405位生化方面的博士。吴瑞曾因最早在DNA测序方面的杰出成就而获得过诺贝尔化学奖的提名。

第二位是姚学吾,出国之前,他一直在北京大学任外语系教授,到美国后,多年在纽约市立大学、州立大学任双语教授,并担任华夏中文学校顾问,曾为纽约州教育厅主编过教科书,担任过纽约州教育厅汉语考试委员会的委员。姚学吾是"北美北大笔会"的创始人。他热爱祖国,热爱中华文化,他的整个事业经历,都与中国语文、文化、文学息息相关。他为人正直、厚道,是一位热爱生活,有着中国传统知识分子使命感的文人。

姚学吾在一篇记述温可铮的文章《歌唱家、爱国者》中这样描述温可铮:"只有音乐能燃起他生命的火炬,而且音乐是他神经中唯一的兴奋点,可以说,音乐是他生命的全部!他打从上初中时起,每天上下学,虽然有自行车却不骑,总是推着车长跑,从绒线胡同到灯市口,那可是一段不短的路啊!他是中学足球、篮球、排球校队的主力队员,冬天滑冰,夏天游泳都少不了他,与其说是爱好,不如说是为了练就一身钢筋铁骨,为他日后音乐生涯打下健康基础。与此同时,他在饮食上也十分注意,每天生吃大量的蔬菜,比如西红柿、胡萝卜、黄瓜等,并注意保持足够的休息和睡眠。"

1946 年,17 岁的可铮决定投考南京国立音乐学院,因他听说斯义桂要去任教。但他父亲坚决反对,认为唱歌不是职业,有辱家门。父亲希望他从事的职业应该是律师、工程师、医师或教师等。可铮为了表决心,咬破手指写了血书:"我不当上歌唱家、不当上教授,就不回家。"当时姐姐温乃铮在燕京大学读书,她有一位朋友梁先生在清华大学工作,他给可铮看手相,戏说:"可铮到南方发展会比在北方好,但他一生总有个女人在工作上压在他头上,虽很坎坷,但事业会非常成功。"乃铮姐回家劝说父亲,父亲也对可铮南下学习的决心无可奈何,就勉强同意了,从而造成父子间的一些隔阂。可铮矢志不渝。1957 年,他代表中国青年音乐家参加莫斯科世界国际声乐比赛,获西欧古典歌唱比赛银质奖。回国后,在北京汇报演出时,可铮请父亲出席音乐会,并让他坐在第一排看自己的演唱,父亲甚感欣慰,一切误会从此冰释。

1946 年 7 月,可铮随同王福增、徐环娥乘船从天津南下。由于船行驶太慢,误了考试时间,他们就住在南京古林寺破庙里,等待寒假再考。

此时的可铮恰好处在变声期,声音的变化成了他心头的一块大石头,很长一段时间令他非常苦恼。虽然他说话还是男低音,但突然还会有童声的痕迹,那个时候就觉得说话很不好意思。小时候说话的声音跟女孩没有很大区别,就是声音比较有力量,现在声音突然变了,唱不上去,就觉得心里很难过,成了一件心事。那个时候在中学开周会的时候还要唱歌,他唱不出来就觉得没面子,自己心里很难受。

声乐系主任伍正谦教授,经过琴房听到可铮唱得好,特别想教他。当他听说可铮住在古林寺破庙里,就让可铮住到他家的阁楼上。阁楼低矮,每天用梯子爬上爬下,只能躺下不能坐着。这时可铮突然听说斯义桂老师去美国了,是继续留下来,还是回北京?一想到曾用血写的誓言,可铮就决意留下参加考试,结果考了第一名。正在这时,斯义桂的老师、俄罗斯著名男低音歌唱家苏石林教授受聘于南京国立音乐学院,每星期从上海到南京,教授一天的声乐课。苏石林教授来南京先听了声乐系所有学生的演唱,可铮演唱了亨德尔作曲的《在锁链中》,苏石林听后,极为赞赏,第一个就选了可铮。可铮喜出望外,下决心要用功学习,打好声乐基础,实现自己的理想。就这样他跟着苏石林教授整整学了 10 年,直到 1956 年苏石林回国任莫斯科音乐学院教授。

命运的转折往往发生在一念之间,一个音符的体验就让可铮从尴尬与彷徨中挣脱出来。那个时候,他由于刚变完声,一唱歌喉头就向上跑,气息也不流畅,声音感到和唱片里的歌唱家夏里亚宾所唱的声音不一样。可铮每天为找不到正确舒展的声音而苦恼,他用脑袋不停地撞墙,觉得自己太笨了。有一天晚上,他坐在校园里一块石头上,抬头看着月亮,然后轻声地模仿夏里亚宾所唱的《伏尔加船夫曲》的第一句"唉哟嗬"的声音,这次听着觉得跟夏里亚宾唱《伏尔加船夫曲》的声音很接近。他再用手摸一下他的喉头,发现喉头非常稳定,也不向上跑,他非常高兴,就好像抓到救命稻草了,声音没有死亡。经过这样一个尴尬的变声期,可铮拥有了一个全新的声音。但是那个时候可铮的声音还很嫩很薄,不像是完全的男低音。经历过这样一段波折,可铮感到这辈子能干这一行的确是太幸运了。可铮常说:"干一个专业又是自己热爱的,爱到这种程度,每天跟它在一起,这简直太美了,太幸福了,假如我不干这一行,我不知道我会是什么样的人。"

可铮考入南京国立音乐学院后,如鱼得水,这是他音乐人生的转折点。他刻苦努力,是当年声乐系高才生中的佼佼者。记得可铮对我说过一个小故事:国立音乐学院院长吴伯超,买了一辆新的人力车,可铮让一位同学坐在车上,他就拉了车快跑。谁知跑到小河边,由于速度太快,他刹不住脚,车子往后一倒,同学摔了出去,人力车的拉杆也折断了。吴院长听说后非常生气,当得知是可铮干的,他就轻描淡写地批评了一下就算了事。因为在院长心目中,可铮是全院高才生中年龄最小唱得最好的学生。

那时国民政府腐化堕落,民愤极大。南京国立音乐学院学生食堂中常常大锅煮饭，只见水，却很少见到几粒米。于是南京的学生掀起了"反饥饿、反内战"运动，上街游行，向国民政府提抗议，可铮和一些年龄小的同学都参加了。当冲在前面领导游行抗议的学生，受到国民政府派来的警察的野蛮殴打时，可铮目睹惨状，心中无比气愤。

1948年，可铮的中学好友及兄弟吴瑞到上海，他约可铮在上海见面。可铮从南京赶来上海和吴瑞会面。吴瑞说他们全家要去美国，劝可铮和他一起去，因他觉得可铮有音乐才华，应该去美国学习。可铮婉言谢绝了他的美意，可铮说："你们全家都去，你姐妹又多，我不能增加你们家的负担。"与吴瑞的这一别，直到1983年才再见面。

解放大军要过长江解放南京，南京国立音乐学院的院长跑了。学院没人管，乱了套，所有的课全部停止，苏石林教授在上海也不能来南京上课。这时可铮心中发慌，觉得自己声乐还没学好，他就决定去上海找苏石林上课。他和一位学小提琴的同学同行，到了南京下关火车站，站上挤满了人，车票早就售完，但人们还是冲向站台往车厢里挤，可铮和那位同学也随着人群往车厢挤去。车门挤不上去，可铮就往车窗里爬，那位同学就在窗下用力往上推，等可铮钻进车厢，可铮又从窗口伸出双手把那位同学拉进车厢。等了很久火车慢慢开动，他们俩才喘了一口气，这下可以到上海见老师了。谁知火车刚过镇江不久突然停下了，原来是火车司机跑了。火车上的旅客全部下车，只听见远远的枪炮声。这时所有的旅客全部跑到稻田里，可铮和那位同学也跟随着跑，大家都趴在潮湿的稻田里，头也不敢抬，只觉得枪弹在头顶上呼呼地飞过。不知过了多少时间,直到一片寂静,突然听到喊声:"大家快站起来!"原来这片土地已解放,解放军拿着枪正在喊呢。

一位解放军干部仔细地查问每个人的情况,学生、商人、国民党家属等,然后分类集中,跟随解放军行军。走到傍晚每人发了一碗粥,大家靠在破败农舍门口的墙边休息。可铮对那位同学说:"不知我们要走向何处,我决定要去上海找老师。"在伸手不见五指的漆黑深夜里,他俩偷偷溜出来跳入河里躲进了芦苇荡。可铮把所带的行李全丢弃,只留下一本歌谱顶在头顶上,把头露在水面,一直等到黎明。

等所有的人都走了,两人在水里又等了很久。3月份冰冷的河水已冻得他俩全身发麻,可是为了安全,直到听不到一点声音他们才放心地从水里爬上岸。那位同学说:"我不走了,我要回南京。"可铮说:"你不走我就一个人走,我一定要去上海找老师。"可铮饿着肚子整整走了一天,在一片田野里不见一个人。天渐渐黑了,他

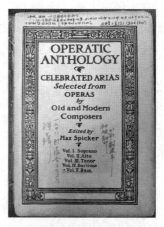

保存至今的这本歌谱

又饿、又冷、又渴,脚步也感到沉重了,浑身发软。他犹豫着,是否回南京?正在迟疑不决时,突然发现远处有亮光在闪动着,全身的疲倦一下子消失了,他快步朝着闪动的亮光走去。

在一片矮矮的树丛里可铮看到有一所农舍,他走过去轻轻地叩打着门。门开了,走出一位老人,问他:"你是什么

人?"可铮说:"我是学生,我要去上海找我的老师,我迷路了。"老人让可铮进屋,可铮这才发现屋里有许多人。原来这村的许多村民都是基督徒,他们在一起正在诵读《圣经》。他们用慈爱的眼神望着可铮,问他:"你是基督徒吗?"可铮当时撒谎了,他说:"我是基督徒。"他们立刻拿了一本赞美诗的歌曲给可铮,问可铮:"你会唱吗?"可铮一看这本五线谱的赞美诗,高兴地说:"当然会唱!"可铮立刻唱起来,他用低沉浑厚的声音唱着美妙的赞美诗,屋里的人们被深深地感染和震撼了,没想到可铮唱得这么好!他们立刻拿来食物和衣服,让可铮换下湿透冰凉的衣服,并劝可铮暂不要去上海,因为上海尚待解放,可是可铮坚决要去。他们就说:"你先在此休息两天,然后我们划小船送你去。"两天后他们划着小船把可铮送到苏州,可铮到苏州景海女子师范学院找到老同学吕培生,吕培生也说:"现在不能去上海,目前暂时住我家等待上海解放吧。"可铮在吕培生家住了一个月,实在不好意思再打扰,就回南京国立音乐学院了。

当他回到学院,发现学院还没有恢复秩序,他的生活又发生困难,此时他的同班同学邵敬贤伸出了援助之手。邵敬贤的父亲邵镜三是南京鼓楼礼拜堂的牧师,那时教堂正需要一位指挥,于是可铮就去鼓楼礼拜堂任唱诗班指挥及独唱者。教堂里还有一位美国牧师,叫麦克伦,他的夫人是一位钢琴家。麦克伦夫人非常欣赏可铮的声音及乐感,认为可铮很有发展前途。她不但天天给他合伴奏,还教他唱亨德尔作曲的《弥赛亚》《创世记》,莫扎特作曲的《安魂曲》,黑人民歌及黑人灵歌等,这使可铮在宗教音乐的领域里受到极大熏陶。麦克伦夫人还曾在美国基督教出版的杂志上登载文章及可铮的照片,内容是在中国南京发现了一位极具音乐天赋的青年歌唱家温可铮。不久,在麦克伦夫人鼓励下,可铮受洗成为基督徒。

可铮在南京鼓楼礼拜堂担任唱诗班指挥时,马革顺教授刚从美国回国。为了提升可铮对宗教音乐的理解和诠释,麦克伦夫人带可铮来上海,拜见马教授,请教有关宗教音乐的一些知识及问题。马教授仔细回答及指教,使可铮理解到怎样来演唱及处理宗教音乐。最后麦克伦夫人还在国际饭店隔壁的海军俱乐部青年会宴请马教授。所以可铮在1949年就认识马教授,尤其马教授在可铮演唱宗教音乐上的指点,和在以后同马教授合作演出亨德尔《弥赛亚》,都使可铮获益匪浅。

在鼓楼礼拜堂,可铮经常唱圣歌。金陵女子文理学院吴贻芳校长前来做礼拜,曾多次听过可铮唱,她特别欣赏、喜欢可铮的演唱,所以在1950年9月聘可铮任金陵女子文理学院(前身为金陵女子大学,后改为金陵大学)音乐系讲师。

在南京国立音乐学院读书时的可铮

在金陵女子文理学院当教师时的可铮

可铮满怀惊喜到金陵女子文理学院报到。吴贻芳校长接见他，并谈话。她说："我们是女子大学，学生都是女生，今天聘你为音乐系声乐讲师，是我重视你的专业好，再是我知道你在教会很尽职，品格优秀。这是我聘老师的主要条件，希望你尽职、自重。"

可铮就这样到了金陵女子文理学院教声乐。那年可铮只有20岁，和学生的岁数差不多，去了之后也就扮成老师的模样，把衣服弄得干干净净，头发梳得整整齐齐。当时学校音乐系主任是美国人勃特勒教授。后来美国教授都走了，音乐系主任就由刚从美国回来的李嘉禄教授担任。

在1950—1952年，可铮又兼职南京军事学院音乐系声乐教师，当时是刘伯承任院长。同时可铮还兼职南京神学院声乐教师。

1950年，南京教会及教会大学的所有外籍牧师和教师全部离华，麦克伦牧师夫妇也回了美国。麦克伦夫人当时很想带可铮去美国，并答应培养他，一切学习、生活费用由她负责。可铮那时已在金陵女子文理学院音乐系任教，所以并未同意。

当时全国有名的教会大学有12所，包括北京燕京大学、辅仁大学，南京金陵大学、金陵女子文理学院（即金陵女子大学），上海圣约翰大学、沪江大学、震旦大学和震旦女子大学，杭州之江大学等。

二

现在来说说我的出身及家庭。我父亲和母亲都出身于常熟书香门第。父亲王子扬是清朝大画家王翚（王石谷）的后裔。母亲归平是明代大文学家归有光的后裔。

我的祖先王翚（1632—1717年），江苏常熟人。清代早期画坛有"四王吴恽"六大家（王时敏、王鉴、王翚、王原祁、吴历、恽寿平），这是清朝正统画风的代表。"四王"画风以山水为主，其中王翚，字石谷，号耕烟散人、剑门樵客、乌目山人、清晖老人等，当时被称为"四王中第一王"。王翚自主绘《康熙南巡图》后，名震寰宇，获皇家赐匾《山水清晖》，门庭愈旺，最后形成著名的虞山画派，对中国近代画风有着深远的影响。

我的父亲王子扬是王石谷第10世孙，对诗词书画都有研究，擅长画梅。

我的母亲归平亦出身于常熟城内的书香门第。她的祖先归有光（1506—1571年），明代散文家，江苏昆山人。嘉靖十九年（1540年）中举后曾8次应进士试皆落第，嘉靖四十四年（1565年），他60岁始成进士，授湖州长兴县知县。他重视教化，治教廉明。后任顺德府通判，专门管辖马政。隆庆四年（1570年）为南京太仆寺丞。后留在内阁，掌内阁制敕房，修《世宗实录》。母亲是归有光第11世孙。

我的父亲王子扬

我的母亲归平

我曾听我母亲说，外公思想开明，送母亲到上海中西女中读书。母亲寒暑假回家，就认识了父亲，因为我父亲和我的舅舅、表舅都是同学。在我母亲读高三时，外公突然病逝。外婆由于受旧传统的影响，认为女子就应该嫁为人妇，不需要读那么多书，要我母亲辍学回常熟出嫁，但在我母亲及几位舅舅的请求说服下，外婆答应我母亲等高中毕业再回常熟嫁人。我母亲毕业后回常熟，当知道她要嫁的人，是一个纨绔子弟时，坚决不嫁。外婆就把她锁在卧室中，等待嫁人。母亲急中生智，在出嫁前两天，对外婆说："我做了一个梦，梦见父亲了，他说在我出嫁前一定要去虞山兴国寺烧香还愿。"外婆因迷信就同意了。第二天母亲坐上已被舅舅买通的轿夫所抬的轿子，一路往码头走去，然后登上了开往上海的轮船。这起逃婚事件轰动了常熟城。母亲抵达上海码头，由我父亲王子扬接船，我母亲立即投考浙江省西湖艺专，跟随潘天寿学习国画。我父亲那时已以优异成绩毕业于南京东南大学经济系（南京中央大学前身），受聘在苏州任中国农业银行行长。他们俩鸿雁传书多年，有情人终成眷属。母亲毕业后，到苏州，先任苏州法院书记官，后随父亲调往南京。父亲

与父母及弟弟王达、妹妹王迪、小弟王进合影

在国民政府参军处及主计处工作。母亲带着刚出生不久的我去南京，由于弟、妹相继出生，母亲就在家中相夫教子，同时画画。她在南京曾开过个人画展。

1937年日军进犯南京，国民政府迁去重庆，我父亲的单位也要随政府迁往重庆，母亲这时正带着我们3个孩子在常熟照顾外婆，所以我父亲立刻赶来常熟接我们全家同行。可是日军的炸弹肆无忌惮，到处乱炸，携带全家老小到重庆，路途又远又危险，最后父亲决定全家留在常熟。

在常熟我们先住在远亲家的翁家花园（清朝末年的帝师翁同龢的花园）。但常熟城里日本飞机天天来轰炸，父亲便把全家老小、亲戚安顿在名叫黄泥桥的乡下，这个小村庄是在尚湖中间，是个湖中小岛，但有小桥和小路通向常熟。父亲为了安全，把小桥拆掉，把小路整平，并和路边的农田混在一起，使人看不出来这原先是条小路。但随着日军从常熟白峁口登陆，常熟无处可藏，父亲用早就准备好的船载全家老小逃往上海。

到上海不久，母亲被上海启明中小学聘为校长。父亲则于1938年和学建筑的洪青一起开办了新艺建筑公司。我们全家都住在学校的教师宿舍里。我和我的妹妹王迪、弟弟王达都在新闸路胶州路启明中小学读幼儿园。那时我读一年级。

我从小记得我的小舅舅归仲飞，常常会突然出现在我们家中，他给我们讲打日本鬼子的故事，有时带我们去附近的公园游玩，冬天下雪带我们姐弟去打雪仗，我们特别喜欢他。后来就从未再见过他。一直到1949年，才听母亲说起，舅舅是

本校創校紀念全體學生留影 二十八年春

4岁时入启明中小学幼儿园,第2排右7是我

新四军,抗日战争时,他每次来上海,都有重要任务,买枪支弹药及药品,再运去解放区,最后是被日寇活埋而牺牲的。他每次来上海住在启明中小学的教师宿舍里,我的母亲帮助掩护他,我父亲也在经济上一直支持他。

母亲担任启明中小学校长后,认真、负责,尽心尽力,和老师们的关系特别好。大家喜欢她、尊重她。这时正是抗日战争时期,食品供应非常缺少,母亲到处奔走,就想争取多一点食品来改善老师们的生活。有个叫潘达的汉奸,发现启明中小学办得好,就想插手接收,并请我母亲继续担任校长职务,我母亲坚决请辞。这时全家搬出学校,租房住在现今北京西路一条里弄里。后再搬到福开森路(现名为武康路)280弄。

父亲和母亲特别注重家庭和谐的生活,星期日总带着全家,或去郊外野餐,或参加哈同花园(现今是上海展览馆)"今虞古琴学会"活动,父母亲都跟随古琴家吴景略先生学弹古琴。

在南京的时候，母亲已开始跟随红豆馆主溥儒（溥仪的堂兄）学唱昆曲，父亲学吹笛子。到了上海，等到家搬往福开森路 280 弄，父母亲又开始每星期一次，请昆剧界的著名老师沈传芷、张传芳、朱传茗等传家班的老师学唱昆曲。记得我在小学时，为慈善事业募捐，在兰心大戏院，我和妹妹客串表演昆曲《游园》，我演小姐莺莺，妹妹演丫鬟春香。母亲和昆曲大师俞振飞合演《长生殿》中《惊变·埋玉》一场，俞先生演唐明皇，母亲演杨贵妃。有时父亲吹笛子，为母亲伴奏；有时他们一起画画，母亲画花卉，父亲专画梅花。

住在学校宿舍时，幼儿园有位老师天天练钢琴，我就端着一个小板凳每天坐在教室门口听她弹钢琴。老师发现了，问我："你想学钢琴吗？"我点头说："我喜欢。"从此就和钢琴有了一生的不解之缘。可是在那个战争年代，我学习钢琴是断断续续的，一直到初三才正规地学习钢琴。

我的家庭父母恩爱，和谐温暖，尤其母亲不但关心儿女，还会引导教育儿女。记得我在很小时，我们吃饭时，总是全家围坐在饭桌前，母亲用筷子搛菜放在我们的小盘子里。一次当我母亲搛青菜放在我的小盘子里时，我说："我不要吃青菜，我要吃肉。"母亲一句话都不说，把所搛的青菜放回碗里。到了晚饭时，她对我说："你现在坐在旁边的小桌子上吃饭。"我坐在小桌子前，见桌子上只有一碗饭及一盘青菜。从此养成我不挑食的好习惯。还记得我在培明女中读书时，我见到有些同学穿得很漂亮，就回家要求母亲给我做几件漂亮的衣服。我母亲说："你现在的重要任务是学习，心思也要放在学习上，穿衣服要朴素，干净就行了，等你学成，有了本事，赚了钱，你只要打一个电话，订购你所需要的衣服，一个小时就可以解决了，但是学本事、做学问，一个小时能解决吗？"我们家经济条件虽然很好，但我们读初二时，父母亲就送我们住校，为了锻炼我们生活自理的能力。所以我一直非常感谢我父母亲给予我良好的教育。

由于讲诚信、懂管理，新艺建筑公司越办越好，父亲在上海市营造业中的威信很高，他被选为上海市营造同业工会主任。

1949年前，我父亲已把全部家产运往香港，全家也准备移居香港。这时我的两位表舅（他们都是中共上海地下党组织成员）经常来我家，宣讲共产党对民族资产阶级的政策。他们了解我父亲怀有爱国、爱家乡的深厚感情，也了解我的小舅舅为国牺牲的事。两位表舅劝说我父亲留在上海，为新中国建设作贡献。我父亲被说动，再加上他一直对共产党有好感，又有强烈的爱国情结，最后他又把家产全部运回上海。

有一天，两位表舅来我家，告诉父亲上海即将解放，需要汽车支持人民政府接收工作。父亲立刻把自己乘坐的小汽车和公司的汽车全部借给表舅。

1949年5月的一个晚上，我们都在熟睡中，突然听到不停的枪声，父母亲叫醒我们，并叫我们赶紧下楼。但过十几分钟后，又恢复寂静，原来福开森路附近已全部解放了。第二天我们走出家门，见到马路上都睡着解放军，真是不拿群众一针一线的共产党的好部队。

不久人民政府动员我父亲把上海近2 000家建筑营造业

企业组织起来,成立新的上海市营造业同业公会,并于1950年10月10日在大光明电影院召开成立大会。

因当时刚解放不久,建筑营造业大部分老板文化程度都很低。虽已解放,大家也联营了,但思想没统一,有的觉悟也不高。我父亲是大学毕业,在营造业中威信高,所以被人民政府任命为第一任主任委员,还有两位文化水平较高的任副主任委员。1951年2月,我父亲又被推举为第一届上海市工商业联合会执行委员。在执行委员候选人介绍中这样介绍我父亲:"王子扬,是营造界的一位杰出人才,现年四十六岁,常熟人,1938年创设新艺建筑公司并任该公司总经理,曾任建设评论社社长,上海营造联营公司总经理等职。为人公正,服务热心,肯牺牲,并能任劳任怨,目前是公筹会的筹备主任委员,并被推选为上海市第一届及第二届的人民代表和工商界代表会议本业代表。"

1951年末,"三反""五反"运动开始,我父亲和两位副主任委员即被隔离审查,要他们交代工程中偷工减料等"罪行"。因100多家营造厂老板都各自接的工程,没有向同业公会汇报,三位主任委员都说不出任何情况,最后就由他们三位承担全部责任。我父亲被判服刑5年,赔偿大部分经济损失。两位副主任委员各判服刑3年,赔偿三分之一的经济损失。

母亲立刻把我们住在福开森路的花园洋房卖掉,并把新艺一村的房子交给政府,以作赔偿。政府最后把新艺一村的其中一套房子给我们居住。父亲就在劳改营造队服刑,依旧是造工厂和房子。

我父亲服刑结束,政府还动员说服我父亲继续搞建筑,被我父亲婉言谢绝。最后他到中学当老师教英语和算术。

"文革"中我的父母被"扫地出门",住在工人居住的棚户区达10年之久。但我父母亲没有架子,尊重邻里,开朗乐观,和群众关系特别好。"文革"结束后,父亲得到彻底平反,落实政策,并分配到连在一起的两套房子。

虽然经过委屈的"牢狱之苦",但父亲仍怀有一颗热爱家乡的心。他把凡是在上海的各行各业的常塾籍专家招集起来成立联谊会,只要常熟市人民政府需要,他就带专家去解决技术上、经营上或企业发展上的各种问题。翁同龢纪念馆成立,他不但献计献策,还把收藏的翁同龢亲笔的两副对联书法,及翁同龢作的画献给纪念馆。父亲91岁离世后,他的追悼会由常熟市人民政府主办,常熟市委领导班子全部参加。作为他的大女儿,我为我的父亲感到骄傲。

第二章　音乐为媒

一

1949 年，为了不让我们在家中受到"商业""做生意"的影响，父亲把我们姐弟三人送到南京金陵女子文理学院附中和金陵中学读书。

当我在金女院附中读书时，我有一位同学叫谢君丽，当时她在南京国立音乐院学习钢琴。一次她说："南京国立音乐院要搬到天津去了，明天有一场告别音乐会，请你去听。"第二天晚上我去了，因去晚了座位已满，我和谢君丽就站在后面。那天听到一位男低音演唱歌剧《西蒙·鲍克涅格拉》中的唱段《哀伤父亲的心灵》，唱得非常好。君丽说："这是我们学院里唱得最好的一位同学，他叫温可铮。"一会儿温可铮下台站在谢君丽旁边，君丽为我们介绍，我们礼貌地互相点点头，这是我第一次见到可铮，也是第一次听他唱歌。当时对他没有很深的印象，只觉他是一位温文尔雅、很有礼貌，唱歌极富乐感、声音好听的青年学生而已。

1950年我考入金陵女子文理学院音乐系钢琴专业。我到金女院音乐系报到后，系里召集全体同学开会介绍老师，并分配主科老师及副科老师。我惊奇地发现那个唱得最好的男低音温可铮，竟是金女院音乐系的老师。当时分给我的主科老师是美国人伯特勒教授，副科声乐老师就是温可铮。记得第一次上声乐课，可铮问我："你会唱歌吗？"我说："当然会唱。""那你唱一首吧！"那时我只会唱一些上海的流行歌曲，我想了半天说："唱一首《李大妈》。"他说："唱吧。"我用大本嗓刚唱了几句，他就说："不要唱了。"他第一首给我的歌是舒伯特的《谁是雪尔薇亚》，第二首给我的歌是贝多芬的《我爱你》。有时候他请我给他弹伴奏。

当时他住在学院大门对面，宁海路广州路交叉口，一座灰色小楼里。他每天上完课就一人去室内体育馆扔篮球，带着

可铮住过的这座楼至今还在（俞子正摄于 2019 年 5 月 20 日）

满身汗水回家,再买个西瓜。当时他的同学邵敬贤身体有病,可铮为了照顾他,接来同住,还为他请了一位保姆。可铮那时拿了3份工资,经济条件较好,所以系里同学常让可铮请客吃冰激凌,他们相约坐上学院门口的三轮车一起去新街口。每次可铮见到我和同学周元敏(张治中将军的外孙女),总请我们一起去,但我俩总是婉言谢绝。

可铮为了提高自己的演唱水平,把赚来的钱全部用在学习上。他听说苏石林教授仍在上海,真是喜出望外。以后他每个星期六下班后,坐夜班火车去上海,第二天天不亮到上海,他就在车站休息室的长椅上躺一会儿,等到9点银行开门,再去银行用人民币换美元。10点准时到老师家上课。有一年夏天,火车因故误点,可铮没赶上约定的时间上课,只能在寓所的大门口,在炎炎的烈日下等待老师午休后再开始上课。看到可铮湿透的衣服,满头的汗水,为了上课在大门口足足站了1个多小时,苏石林被可铮如此执着的学习精神所感

苏石林是可铮声乐道路上遇到的第一位好老师

动,他让可铮洗澡,换一件衣服,然后再上课。从此,他教可铮更认真、更尽责了。可铮曾对我说:"老师非常喜欢我,别的学生下课时间到了,周慕西师母就在楼上按铃,提醒老师该下课了,只有我上课,师母从不按铃,老师尽兴地教,有时候还示范演唱。老师男低音的音色太美了,俄罗斯的浪漫曲唱得太好了,我永远不会忘记。"上完课,可铮立刻坐火车返回南京。不管严冬酷夏,刮风下雨,从不间断。

在金陵女子文理学院音乐系读书时,我和周元敏是同班最要好的同学,我们俩又都是刚入团的共青团员,所以团委有活动,总派我们俩去参加。记得一次让我们俩去南京交际处,陪苏联来的专家跳舞一直跳到晚上,许多苏联专家喝醉了。我和周元敏分在一间房里休息,我们害怕喝醉的专家会来我们房间,就把房门锁上,把房间里的沙发、椅子、桌子全部推向房门。只听见喝醉酒的人的吵闹声,我们俩吓得一夜没有休息,第二天一早就逃回学校。可铮知道后对我说:"以后绝对不要去参加这些活动。"

在金陵女子文理学院时期

和周元敏合影

记得又一次，团委让我们去交际处陪首长跳舞，就这一次跳舞，有位首长约我去玄武湖见面。我告诉了可铮，可铮说我陪你一起去。当我们到玄武湖见到那位军区首长，他什么都明白了，以后再也没有约我。可见那时可铮对我的重视和关心。

1950年外籍教师都走了，音乐系来了一位从美国留学回国的钢琴家李嘉禄教授，由他担任音乐系主任，我也分配在他的班上学琴。年仅21岁的可铮还和李先生合作，于1950年11月24日在金陵女子文理学院大礼堂举办"为皖北灾民募捐寒衣音乐会"。1950年应中央文化部之邀，在文化部礼堂与李先生合作举办了个人第一场音乐会。此乃1949年后中国音乐界举办的首次个人独唱、独奏音乐会。此外，可铮还参演了燕京大学和文化部为接待外国使节而举办的系列音乐会。1951年9月1日又在天津亚洲电影院，参演捐献飞机大炮坦克音乐会。可铮在京津的演唱受到听众热烈欢迎。

我的老师李嘉禄教授

1951 年下半年，南京的大学生和青年教师全部下农村参加土改运动，音乐系分成两个组，我担任一个组的组长。当分配可铮在另一个组时，另一组不接受，说他不好管，这样只有我这个组接受了。出发的那天早上，通知 8 点集合上车，可是等卡车开出校门，才看见可铮一手拿着行李，一手拎了一双大皮靴在后面大声喊着："等等我！"大家都批评他："你迟到，差一点我们都走了，看你怎么办。"他对着大家傻笑，嘴里说："对不起，对不起。"我们坐火车去蚌埠，再坐卡车去皖北。那时皖北农村特别穷，农民缺衣少粮。土改工作队领导要我们出节目慰问贫下中农，我和可铮排演了秧歌剧《兄妹开荒》。我们俩又舞又唱，可铮用的是美声，而我用的是大本嗓，竟还受到贫下中农热烈欢迎。

在县城学习土地改革政策结束，各小组跟着工作队行军下农村。可铮穿着那双大皮靴走路，不久就发现他一瘸一瘸的。到了目的地，才知道他的双脚上打了许多泡。我是小组长兼卫生员，只好仔细地挑破他脚上的泡，每天帮他消毒擦药，一直到痊愈。

我们各小组跟着工作队下放到村里，住在有两个房间相通的祠堂里。祠堂里放了许多牌位，我们害怕不敢住，可铮就说："你们住里面一间，我住外面一间，我不怕，保护你们，我当门神。"

我们每天除了访贫问苦，还要宣传土改政策。空闲时可铮就作曲，那时他用北方单弦曲调创作了一套组曲《小三的故事》，由 3 首歌曲组成，其中最后一首是《小三娶个大姑娘》。后来这套组曲由北京音乐出版社出版。1957 年可铮在莫斯科国际声乐比赛中获银奖后,苏联国家唱片公司请可铮录音并出版,其中就有这套组曲。记得可铮刚写好此曲,我们围坐在晒谷的场地上开会,他偷偷地把此曲塞进我手里,散会后立刻唱给我听,问我:"好听吗?我是写给你的。"他处处注意我、关心我,有时会写张小字条塞进我手里,都是夸我的话。那时我还年轻,很天真,不太懂他为什么这样注意我、关心我,但有时我会被他所感动,他那圆圆的孩子脸,带着富有磁性的男低音音色的话语,富有感情的眼神,我的心有时也会被触动。

　　一天工作队长通知我,要分配我去另一个村。我们小组全体反对,可铮更是反对,理由是我一个女孩,一人去另一个村不安全,但工作队长说:"工作需要。"可铮说:"王述可以去,但每天必须回来住。"工作队长说:"路很远,每天来回不方便。"可铮说:"每天一早我带一位民兵去送,晚上我再带民兵去接。"工作队长说不过可铮,只好这么定了。从第二天起,天刚亮,可铮就和背着枪的民兵送我,到天黑可铮拿着手电筒再和民兵来接我,每天来回一次要走约两小时,最后他就自己背着枪一个人送我、接我。这两小时里,我们并肩走着,谈家庭、父母,谈小时候的趣事,谈理想、谈事业、谈唱歌、谈音乐……就这样我们的感情走近了,恋爱了。有一次,我们拉着手走在田野里,四周一片寂静,只听到我们走路的沙沙声,田边蟋蟀的轻叫声,在明亮的月光下,可铮突然热烈地拥抱着我,吻我,这是我生平第一次接受一个男人的亲吻,我的心剧烈地跳动着,紧张而又甜蜜……我这一生中接受的唯一的一次热吻,也是我一生中接受的唯一的一个男人的吻,就是可铮的吻。

记得有一天我突然肚子痛得直不起腰,把可铮吓坏了。那天阴沉的天空下着大雪,地上的积雪很厚,一脚踩下去就到小腿部。可铮背着我气喘吁吁的快步往卫生院跑,诊断结果是慢性盲肠炎,吃了一些消炎药就好了。可铮那天焦急关切的眼神和他热切的亲吻,今天回想时还记忆犹新,充满温暖。

皖北农村的冬天特别冷,可铮没有毛裤,冻得受不了,我就上街想买一块布替他做条棉裤。谁知没有其他颜色的布,只有白布,我只好买了一块白布及棉花,请老乡替他做了一条棉裤。他穿了这条暖和的白棉裤,特意照了一张相,以作留念。

可铮穿着那条白棉裤

第一期土改结束,我们就搬到另一个村,可铮也和我们分开了,他在那个村独当一面,工作积极有成绩。等土改运动结束时,我们俩都得到土改模范的奖状。

回到南京,有同学知道我和可铮谈恋爱,就在团小组会上批评我,说他不是团员,思想不求进步,不能和他谈恋爱。每次开会,可铮都在一楼教室的窗口外来回走着,等我走出教室,他就追上来问怎么样,你不会不理我吧?他总是着急惊慌地看着我。我说:"我心中有数,我不是那种没有主见的人。"

当时新合并的金陵大学也有两位男同学一直追着我,还有音乐系的男同学。可铮心中着急,甚至有一天傍晚,他让我去他家,我一到他家门口,他就号啕大哭,把我吓了一跳,以为他出了什么事。他突然抱着我说:"我不能没有你。"他的真诚感动了我,我向他保证:"我这一辈子不离开你,我不会再爱上任何一个男人的,我不是一个贪图地位、爱慕虚荣的女孩子,虽然我家很富有,但我父母亲常对我们说,我们抚养你们,让你们受到最好的教育,以后就要靠自己独立,靠自己创下自己热爱的事业,我们也不需要你们的回报,只要知道感恩有孝心就足够了。将来你们找丈夫或妻子,尤其是找丈夫,一定要找以事业为重,有责任感的,这样你才能把终身托付给他。"

1951 年,全国掀起"三反""五反"运动,当时因为父亲的问题(一直到"文革"结束后父亲才得到彻底平反),我的生活费和学费都发生了困难。可铮知道后立刻对我说:"我帮你付学费和生活费。"我谢绝说:"我不能接受你的帮助,我要找个教音乐的工作,自己解决。"可铮说:"为什么你要这样做,你不是答应过一辈子都爱我吗?为什么不能接受我的帮助呢?"我说:"我是答应一辈子爱你,但我还没有决定将来一定嫁给你,怎么能随便用你的钱,我们现在只是亲密的恋人,还没有谈到婚嫁的事,我要自强、自立。你要尊重我的决定。"从此可铮进一步地了解了我的为人,对我也更加爱护和关心。不久我在立信会计学校找到一份教音乐的工作,可是路程较远,我就向同学借了一辆自行车,每天傍晚在校园里可铮教我骑车。他稳住车扶我上去,当他脱手后我就能骑了。可是我自己不会上车只会下车,我等不及学会就上了马路。每次去上班,他就在自行车后扶我坐上车座,然后一推,我就踩着踏脚走了,他在后面追着喊叫:"路上要小心啊!"晚上见到我才放心。

在和可铮的交往中,我感到可铮憨厚朴实,有时还很天真,不懂人世间还有许多复杂的人际关系。他重友情、重爱情、重亲情,他情感丰富,敢做敢当,为人正直,对朋友可以做到两肋插刀,对音乐、对歌唱事业执着追求,直到最完美的程度。他一直认为人生的价值,不在其长短,而在过得坦然、充实,为人和对事业要有始有终。他看重的是艺术家的恢宏气度,无须斤斤计较小失小得。他每天学外语,听唱片,交响乐、钢琴、弦乐,声乐的各个声部,他什么都听、都学。为了提高音乐修养,时间对他来说是那么宝贵、那么不够用,有时当你和他聊天时,他可能脑子里想的是歌词或音乐,常会答非所问,所以他的同学给他起了个绰号叫"傻柱子"。

我想,一个人如果没有高远的眼光和长期努力的决心,怎么能有成功之日呢?我既然选择了可铮作为我的人生伴侣,我就要努力学习钢琴,在事业上支持他、帮助他,在生活上照顾他,让他没有后顾之忧,一直往前跑,做到有难同当,有福同享,甚至牺牲我的生命都在所不惜。一个人活在世上不管时间长短,有意义才是最重要的。正如伟大的哲学家约翰·罗斯金所说:"人劳碌一生,其最高奖赏不在于他从中获得了什么,而在于他借此成为了一个什么样的人。"

记得有一天可铮叫我去他家,我一进门就看见一位慈祥精干的老人坐在椅子上,他端详着我,和我亲切地交谈。后来我才知道他是可铮的父亲,是专程从北京来看我的,也是可铮特地请他来看我的。他特别喜欢我,做了他儿媳妇后,他更加地宠爱我。

可是可铮到我家，情况就大不相同了。我母亲见到可铮就坚决不同意，她不喜欢北方人。可铮说话声音又粗又低，体格又胖又壮，皮肤不像南方人那样白净，又是学唱歌的，两人语言也不能沟通，我常要做翻译，总之一句话："不同意！"最后在我的坚持下还是同意了。我父亲后来很喜欢可铮，翁婿俩特别投缘，常结伴去上海博物馆看画展。可铮画的每张画，都请我父亲指点或题诗，有时一起去我姨夫李咏森（上海水彩画大师，后来也画国画）的家里去学习。父母也常去听我们的音乐会。

二

1952年，全国院系调整，金陵女子文理学院音乐系要迁到上海。在离开南京的前夕，我们在校园内散步。两人走向南山，四周一片寂静。月亮挂在天空，好似对我们在微笑，并作着见证。可铮用充满着爱的眼睛看着我，他说："我决心已定，向你求婚，你一定要做我的终身伴侣，我们一辈子在一起。但是我要告诉你，为了歌唱事业，我是要做半个和尚的。"我当时也笑着说："我爱你，我愿意做你的妻子，我也要弹好声乐伴奏，支持你的歌唱事业。你唱得这样好，我和你接触后，我感到你是一个具有艺术和歌唱天赋的天才，为了你的歌唱事业，你做半个和尚，我就做半个尼姑。但是你一定要对我好一辈子。"我清楚地知道，在我们俩的接触、交往中，我们都有一个共同的对音乐艺术的梦想。梦想是生命的灵魂，是心灵的灯塔，是引导人走向成功的信仰。有了崇高的梦想，只要矢志不渝地去追求,梦想就会成为现实,奋斗就会变成壮举,生命就会创造奇迹。我一定要成为他忠实的伴侣和助手,帮助他实现梦想,创造奇迹。

最初的院系调整计划是,金陵女子文理学院音乐系和上海音专、福建音专合并,成立中央音乐学院华东分院,院址在江湾。由于贺绿汀院长坚持,后改名上海音乐学院。以后又搬在漕河泾(现上海师范大学所在地),最后再搬到汾阳路。

1952 年是上海音乐学院谭抒真副院长作为代表来南京负责接收工作的。谭院长曾撰文写道:"1952 年全国院系调整,我代表上海音乐学院到南京办理金陵女子文理学院音乐系合并到上海音乐学院的手续。当时院方和我个人的原则是将金陵音乐系的全部人员、设备迁移来沪,不使分散。……合并之后,在很大程度上加强了上音的师资力量,而其中最突出的就是声乐教师温可铮。"

谭院长委派院长办公室主任常受宗来南京接金陵女子文理学院音乐系全体师生。到上海后,可铮被分配到上海音乐学院音工团任合唱指挥、独唱演员,兼上海音乐学院声乐系讲师。那时他住在东湖路音工团的宿舍里,被他照顾的同学邵敬贤也跟来上海,他是男高音,声音很美,所以也考上音工团。可铮每星期去苏石林教授家上课,这两年是他最安定学习的好时间。

音工团解散后,有些人调来声乐系,可铮也回声乐系。那时学院在江湾,离市区很远,中午休息,许多老师都聚在教学大楼的顶层教务长谢绍曾教授的房间里,其中有应尚能、刘振汉、蔡绍序、谭抒真、范继森、陈又新、卫仲乐、杨嘉仁、杨体烈、

可铮指挥上海音乐学院音工团

张隽伟、可铮等。谢老师总是亲自泡茶,热情招待。在这间屋子里,他知道怎样尊重教师、团结教师,并注重发挥每位教师的特长。在这间房间里,充满着团结、真情、无私、欢乐的气氛,大家互相尊重、互相鼓励、互相支持。可铮是其中年纪最轻的,所以在这些前辈的谈话中,他了解了老音专的有关历史、老一辈的许多趣事,以及怎样提高教学质量、怎样办好音乐学院的各种观点,使刚踏进教学岗位的年轻的他获益匪浅。

　　在江湾,可铮被分配住在离学院不远的一座独立的洋房底楼一间朝南的房间。当时住在洋房里的还有刘振汉一家、宋保才和宋仲奇哥俩、李志曙、王羽。那时我在校学费全免,饭费要缴,可铮就帮我缴饭费。学院门口有一个小饭店,可铮觉得学校食堂饭菜营养不够,就常带我去小饭店吃饭补充些营养。

可铮进入上海音乐学院时期　　　　在上海音乐学院读书时期

1952年10月1日,我们第一次在上海欢度国庆。上午参加庆祝游行,晚上去人民广场看放焰火。焰火在天空绽放,五彩缤纷,非常好看。当焰火散开后,就有一个个小小的降落伞随着微风吹动,缓慢地从天上飘荡下来,许多人跑向降落伞,跳起来抢夺它。可铮那时年轻,身体敏捷,他抢到几个小降落伞,每次抢到都快步地送给我。我俩高兴地拉着手又说又唱地回他的宿舍,幸福充满全身。

为了庆祝三校合并,又是国庆佳节,学院准备举办联欢会,每个系出一个节目。这时我和钢琴系同学陈泽蓉一起去我家向我妈妈学习昆曲《游园惊梦》,妈妈教我们唱腔及身段,我演小姐,泽蓉演丫鬟。到了联欢会那天晚上,我在后台上戴头套、插花。但是我的头套一扎好,插上的花及头饰就要掉下来,可铮在一旁看着就说我来扎,你们扎得太松,所以花和头饰戴不上。可铮积极地上来就用布头套两边一勒,他用力太大,就这么一勒,把我勒昏过去了。这下可把大家吓坏了,尤其是可铮抱着我,大声叫着:"迷,迷,迷啊!你醒醒,快醒醒!"他急得泪流满面,半天我才回过神来,看到许多人围着我,焦急的眼神望着我,医务室的医生也在旁。可铮看我醒过来了,脸上带着泪又带着笑。我莫名地看着大家,究竟是怎么回事,发生了什么事?可铮就这么一勒,把我们辛苦排的昆曲也"勒"完了,没有机会再上演。这件事在我的老同学中成为典故,一谈到此事,大家都哈哈大笑,学着可铮的叫声:"述,述,述啊!"

　　到上海音乐学院后,学院常组织师生音乐会,每次演出总有可铮参加。有一次学院组织演出团去杭州演出,这也是我俩第一次去风景秀丽的杭州。演出结束后学院让我们在杭州游玩一天。我和可铮逛了一天,晚上太累了,就坐在一所庙门口的石凳上,我们抬头望着天空,月光明亮,周围一片寂静,没有一个人影。可铮突如其来地跳起来,大声喊着:"鬼来了!"他拔腿就跑,我惊吓得跟在他后面跑,他又突然停下,当我冲上去时,他一把抱着我大笑说:"胆子这么小,我是骗你的!"我就用拳头打他,并说:"你太坏了,你再骗我和欺负我,我就不嫁给你。"他学着京剧腔,一边作揖,一边说:"小娘子,小子再也不敢了!"

　　记得可铮有一次对我说:"我们系主任找我谈话,首先夸我唱歌有才华,年轻要多学习,然后问我是否考虑到她班上学习。我没表态,因为苏石林还在声乐系任教,我又是他最喜欢的学生,又是跟他学习最久的学生,我们的教与学合作得非常好,在苏石林老师处学到很多曲目,一日为师终生为父,苏石林是我的恩师,我永远是他最忠诚的学生,我不能随便换老师。"

在上海,苏石林教授经常带可铮去白俄俱乐部演唱俄罗斯浪漫曲,那些俄罗斯老太太喝着伏特加酒,听着家乡的歌曲,激动得热泪盈眶,都围在可铮身边问苏石林:"小伙子唱得这样好,我们能吻他一下吗?"苏石林教授在旁骄傲地说:"这是我的学生!"可铮演唱俄罗斯浪漫曲、歌剧咏叹调,从俄语读音的语气、俄罗斯音乐的风格,都学得非常到位。可铮是苏石林教授最喜欢和最看重的学生,记得有一次我陪可铮去苏石林教授家上课,可铮那天唱得特别好,唱的人忘情地唱,教授也忘情地教,一堂课结束,苏石林教授高兴地说:"你今天唱得好,我要奖赏你,我做了新鲜的草莓酱,要请你们尝尝。"可铮后来对我说:"苏石林今天请我吃他亲手做的草莓酱,这真使我受宠若惊,因他从未对学生如此款待。"1957年,苏石林在回国前曾深情地说道:"我在中国声乐艺术上最大的期望,已在温可铮身上实现了。"

第三章　琴瑟和鸣

一

　　1954 年 1 月 1 日,我和可铮结婚。可铮父亲带着可铮的大侄子世耕到上海参加婚礼。记得结婚的前一天,可铮还在练歌、背歌词,把第二天要举办婚宴的钱忘了从银行取出。父亲一问才突然记起,跳起来撒腿就向外跑,因为银行快关门,明天又是星期日,银行休息。那时可铮跑得最快,我跟在他后面跑,父亲又跟在我后面跑,大街上的人都站住看着我们跑,不知发生了什么事。可铮刚跑到银行门口,银行正在关门。可铮用力把门推开,工作人员挡着说:"你干什么? 我们到时间了,不营业了。"可铮说:"对不起,我明天结婚,钱还在银行里呢!"工作人员说:"真有你的,明天结婚,到现在才想到来拿钱,你再晚一步,明天就不要结婚了。"但工作人员还是帮忙让我们拿到了钱。

第二天上午,我们去长宁区民政局登记结婚,邵敬贤陪我们一起去,他手捧一束鲜花,可铮手里却拿了一份乐谱,在排队等候时,他还在背歌词。一起排队登记的结婚者,还以为新郎是邵敬贤呢!

结婚晚宴是在南京西路的来喜饭店举行(现在是锦沧文华大酒店)。那天来客很多,除了亲朋好友外,声乐系老师全都参加了。苏石林教授还唱了一首歌,舒曼作曲的《你像一朵鲜花》。记得那天唱歌的还有蔡绍序和高芝兰教授。

可铮的母亲心地特别善良,待人宽厚,富有爱心。我们结婚后的第一个暑假,可铮带我去北京探亲,也是我第一次见婆婆。第一印象,就是可铮长得太像他妈妈了,甚至性格上都像。我是南方人,从未去过北方,第一次去北京,水土不服,两只脚上长了许多水泡,痛得不能走路。可铮的母亲亲自用针帮我挑破,还要帮我擦药,我坚决不让,她说:"我喜欢你,我愿意。"我不让她擦,她真的生气。她的真诚及认真,她对我的疼爱,常使我感动得热泪盈眶,我庆幸有这样一位好婆婆。

我的公公更加宠爱我,他带我去故宫、天坛、颐和园、长城,最常去的是中山公园"来今雨轩"的茶座,喝着香喷喷的花茶,听他讲北京的历史、皇家的故事及街头小胡同的趣事。他也带我去琉璃厂,当看到王石谷的画,他就说:"这是你家老祖宗画的啊!"他还带我去吃北京烤鸭、涮羊肉,北京的各种小吃,还带我去观看京剧、评剧、京韵大鼓、相声等。有时我们乘坐公交车,有了空位我们让他坐,他不但不坐,还要用他的大扇子扇那个空位子,好像要把那刚被坐过的热气扇走,然后

我和可铮的结婚照

披上了幸福的婚纱

一定要让我坐。可铮常笑着说："我要妒忌了,爸爸从来没有用对你这样好的态度来对我。"爸爸对我说："可铮如果欺负你,你一定要告诉我,我会立刻去上海揍他。"所以我嫁给可铮,又有如此好的公婆,是我一生的幸福。

我们结婚后,我仍住在学生宿舍里,一直到我毕业。当时我的主课老师李嘉禄教授对我说："我对你要从声乐伴奏的方向培养,将来你会成功的。"所以在毕业时,除了毕业考试外,我还请可铮为我唱歌,伴奏了一场独唱音乐会。

1957年,我毕业留在声乐系任声乐艺术辅导及钢琴伴奏。

当时文化部为林俊卿医生在上海湖南路一座花园洋房里成立了上海声乐研究所。他们借我去为林医生的学生弹伴奏。他的学生来自全国,多半是来通过咽音训练治疗嗓子的,北京来学习咽音唱法的学生最多。当时歌唱家王昆也赴上海声乐研究所,拜在林俊卿门下学习,并带上在北京战友文工团的独唱演员马玉涛。来过的还有胡松华、胡保善等。他们都善于博采众长,在上海期间,有的还抽空来我家,跟可铮上课,切磋歌唱方法。

一年后,我就回上音声乐系。每天我和可铮,一起上班一起下班,从早到晚都在一起。他班上的学生都分配给我去伴奏,空余时间我们一起备课,我练琴,他在另一个房间看谱,背歌词,或一起听唱片。每一首歌,我们从生到熟,都是一起练出来的。

可铮会唱的歌特别多,曲目丰富。他会用多国语言演唱,意大利语、俄语、德语、法语、英语、拉丁语等。由他演唱的曲目有俄罗斯浪漫曲、俄罗斯歌剧咏叹调、意大利古典歌曲、意大利歌剧咏叹调、法国歌剧咏叹调、德国歌剧咏叹调等。俄罗斯艺术歌曲有柴可夫斯基、格林卡、莫索尔斯基、里姆斯基-科萨柯夫、居伊、鲁宾斯坦、达尔高梅斯基、赫连尼柯夫、拉赫玛尼诺夫等创作的歌曲。德国艺术歌曲有舒伯特的《冬之旅》《美丽的磨坊姑娘》《天鹅之歌》等,舒曼的《诗人之恋》,勃拉姆斯的《四首严肃歌曲》等,还有贝多芬、弗朗茨、马勒、施特劳斯、沃尔夫等创作的歌曲。法国艺术歌曲有比才、德彪西、迪帕克、福雷、弗朗克、古诺、普朗克、拉威尔等创作的歌曲。神曲包括亨德尔的《弥赛亚》《创世记》,威尔第的《安魂曲》等。此外,还会唱大量的黑人民歌、黑人灵歌等。

对于中国民歌、中国古曲,他常把男高音和女高音所唱的中国歌曲移调,反复试唱后,觉得适合于男低音来演唱,他就

可铮手抄的移调谱

把调子定好，立刻移调抄谱。他所移调的手抄谱有好几大本。他手写的笔记本，其中英文的就很多本。他在"文革"前每次演出后，都要写笔记总结自己今天演唱的体会及优缺点。可铮还要记学生上课存在什么问题，用什么方法改正。可铮常说："述，家里家外的事你就多担当些，世界上这么多好听的歌，我一辈子都唱不完，每天的时间不够用啊！"他还常说："音乐是我生活中的唯一意义，我所有的自尊与自信都来自音乐，我活着就是为了唱歌。"他又对我说："我们现在不能要孩子，上课、演出，寒暑假又要到外省市演出，有了孩子就不能全心全意去做了。"我也同意。

　　音乐、唱歌、教学、演出，这真成了他和我生命的全部，我们没有时间去交际、去玩、去聊天。有时候听说外文书店来了

年轻时在家练唱

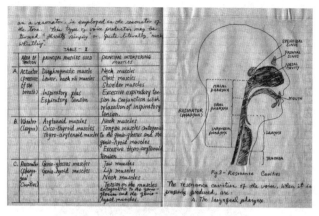

可铮的英文手稿

新的唱片,我们就一起去。看到那些新来的唱片,可铮会兴奋得像一个孩子看到了新玩具一样。在家中我负责经济安排,每月除生活开销外,我都积攒一些钱,这时他就请求我拿积攒的钱来买唱片。那时南汇路路边全是小摊,有卖豆浆、油条、烧饼及绿豆粥的,我俩在小摊上每人喝一碗绿豆粥外加一小碟咸菜毛豆。虽然吃得很少,但我们的心情非常愉快,因为回到家里会有许多美妙好听的音乐在等着我们!

1954年,上海音乐学院从江湾搬到漕河泾后,可铮在学校里分到一小套房子,我还是住在女生宿舍。那时有许多老师都住在学院里。和可铮来往最密切的是刘振汉教授、谢绍曾教授和黄钟鸣教授。他们在一起切磋声乐技术及教学上的问题,尤其他们喜欢听可铮唱歌。

1956年,苏联赫鲁晓夫上台后,苏石林教授被要求回苏联任莫斯科音乐学院声乐系教授。在离开上海前,苏石林教授在美琪大戏院举办了一场告别音乐会,他所教过的学生全

1954年，结婚时和苏石林夫妇合影

1956年，上海美琪大戏院苏石林告别音乐会，后排中为可铮

部参加,有合唱,有独唱,反响很大。苏石林教授还有 3 天就要离开上海,可铮和我特意去他家送别,苏石林教授非常高兴和激动。记得那天他还唱了两首歌,一首是拉赫玛尼诺夫的《小岛》,一首是马拉希金的《在我声音中表白》。他用他那天鹅绒般美妙的声音充满感情地唱着,到最后眼里闪着泪花,我们知道他不舍得离开他最心爱的学生。

当时音乐学院组织了两个演出队,一队是由高芝兰老师和葛朝祉老师担任独唱,一队由周小燕老师和可铮担任独唱。记得那时主要在虹口区解放剧场和黄河路的长江剧场演出。演出了一段时间以后,可铮与葛朝祉老师对换,调到和高芝兰老师一组。可铮和高芝兰都是苏石林教授的学生,能在一起同台演出,自然更多了亲近感。所以他们排练了许多二重唱,如莫扎特歌剧《唐璜》中采琳娜和公爵的二重唱,古诺歌剧《浮士德》中魔鬼和玛格丽特的二重唱等。

有一次,可铮从唱片中听到世界上第一部喜歌剧,是帕戈莱西的独幕喜歌剧《管家女仆》。歌剧中只有三个角色。男主人:男低音。管家女仆:女高音。男仆人:哑巴。可铮告诉高芝兰,并说他费了很多时间找不到谱子。高芝兰怀着极大的兴趣说:"谱子我来解决,我写信给朋友,请他们到美国去买。"后来她的朋友寄来 3 份谱子,当他俩各自练熟后,就在高老师家的大客厅里排练。可铮很会演戏,常在演戏过程中引起高老师捧腹大笑,唱不下去。最后他俩认真排好了此剧,要求能在学院大礼堂的舞台上演出,但没得到批准。可铮非常遗憾这部独幕喜歌剧《管家女仆》没有机会让他和师姐在舞台上合作演出。

1962年,我和可铮与张隽伟(左二)、吴乐懿(左三)、蔡绍序
(左四)、高芝兰(左五)合影

1956年,苏联人民演员、斯大林奖金3次获得者、乌克兰
著名男低音歌唱大师格梅里亚来我国北京、上海访问演唱,举
办独唱音乐会。他访问上海时,上海市委宣传部及上海市委
对外文化协会请可铮全程陪同格梅里亚先生及其夫人。可铮
去火车站欢迎他,说:"格梅里亚先生,热烈欢迎你们来上海访
问演唱,虽然我和您是第一次见面,但对您所唱的歌曲和您美
妙的声音,我已经非常熟悉。凡是您所演唱出版的唱片,我都
听过了,使我获益匪浅。"可铮又数说他所唱过的格梅里亚唱
的歌曲。格梅里亚先生高兴并玩笑地说:"你一定没想到我是
这样的相貌,和我的声音完全是天壤之别吧!"可铮笑着说:
"我只听声音及演唱,美妙迷人的声音及演唱会让听众忘掉一
切,甚至相貌。"可铮那天回家对我说:"格梅里亚一下火车,
我吓了一跳,像是跳下一个大猩猩,真没想到他唱得如此美。"

一次,可铮去格梅里亚下榻的锦江饭店,他住在大套间。
可铮去时他正在合伴奏,可铮坐在一旁静静地听着。格梅里

陪同格梅里亚在上海

亚唱完几首歌，他请可铮唱。可铮唱了几首俄罗斯浪漫曲，格梅里亚非常认真地听着。这时格梅里亚的夫人从卧室出来，靠在门框旁也听可铮唱。等可铮唱完，她拍着手说："你的声音太像格梅里亚，我还以为是他在唱，出来一看原来是你在唱。"格梅里亚高兴地说："我听到世界上有两位最年轻唱得最好的男低音，一位是保加利亚的嘎乌洛夫，另一位就是中国的温可铮。"接着格梅里亚热情地指导可铮，这对可铮来说真是求之不得，这是多么好的向大师学习的机会呀。格梅里亚独唱会结束后，一有时间格梅利亚就跟可铮谈声乐，他喜欢可铮的演唱，喜欢可铮的好学精神。他回国后还给可铮寄信，寄新出版的唱片，他们之间的联系一直到中苏关系恶化为止。就在保加利亚的嘎乌洛夫唱满世界舞台时，可铮却在接受一个又一个的政治运动及思想改造。两个青年男低音歌唱家经历的是两个完全不同的遭遇及命运。

二

　　1958年，上海音乐学院搬到淮海路汾阳路。在这之前，1957年学院分给可铮南汇路85弄14号3楼的一大一小两个房间。我那时也已毕业，留校工作，每天我们一起骑自行车上班给学生上课，中午在食堂吃饭，下午如没课或不开会，我们就回家备课，练唱、练琴、合伴奏、听唱片，学意大利文、俄文和英文。那时钢琴系主任范继森教授常来我们楼，看望2楼廖乃雄老师，每次他也上3楼来我们家，他喜欢听可铮唱歌。我们从老一辈处知道，老音专在重庆时，男低音歌唱家斯义桂的伴奏和当时所有歌唱家的伴奏都是范先生担任的，所以我毕业后就跟随范先生继续学钢琴。范先生来听可铮唱歌的同时就听我的伴奏，并不断向我提出要求。记得有一次我弹舒伯特的《魔王》，这首伴奏从头至尾是三连音不间断的八度，速度快，还要弹出弱和强，我的手较小，弹这么多八度，一会儿手腕就硬了，不能弹了。范先生就给我出主意，在右手不停地弹八度时，空隙的左手在一刹那立刻帮右手弹一个音，使右手得到一刹那的放松，在左右手的交替中完成这首难度极高的伴奏。在几次演出中，可铮演唱《魔王》，我的伴奏得到了赞赏，还录了音。范先生在一次演出中也听我弹了《魔王》，听后他特别高兴，拍着我的肩膀表扬我。范先生对我们音乐艺术上的帮助和教导是永远不能忘记的。

　　1956年8月10日，上海音乐学院师生去北京参加文化部举办的"第一届全国音乐周"演出，我和可铮都参加了。可铮是参加独唱，记得参加那两场独唱音乐会的还有俞喻宣、应尚能、蒋英、苏石林等。可铮是最年轻的,也是在这次独唱音乐会后,可铮被列入全国著名歌唱家名册中。那时中央乐团团长李凌特别喜欢可铮的演唱,他找可铮谈话,希望可铮去中央乐团工作。可是可铮感到自己虽列入著名歌唱家名册中,但在演唱上和音乐修养上还是非常不够的,苏石林教授还在上音任教,他还要继续跟苏石林教授学习,上音图书馆乐谱多、资料多、唱片多,他还需要多学习。所以就没有答应,但可铮一直尊敬李凌团长,每次去北京都要看望他。

晚年探望音乐理论家,原中央乐团团长李凌

那个时候市里和学院常有许多外事活动,或是音乐家,或是外国政要等来访问。声乐系不会第一个想到让可铮去参加招待演唱,而是让别的老师去演唱。但任务往往很急,总是上午通知或前一天通知。例如,某位政要来上海访问,要声乐系老师演唱德语歌,有几位老师就由于来不及准备,或背不下来,或还没有合伴奏等原因,最后还是让可铮去,因可铮每天都用不同语言练唱,随时可以上台。可铮有句座右铭:"时刻准备着。"记得可铮的老同学岑兵说过:"如果很多人聚在一起,都睡着了,突然一声枪响,要人站出来唱歌,那个人就是温可铮。"

1962 年 12 月,全国独唱独奏调演在北京音乐厅举行,上海代表团的团长是谢绍曾,团员有李名强、郑石生、胡逸文、钱慧娜、温可铮,钢琴伴奏是朱雅青和我。调演结束后,文化部挑选节目去中南海演出,上海选了郑石生小提琴独奏和可铮的独唱。记得可铮唱的曲目是柴可夫斯基作曲的歌剧《叶甫盖尼·奥涅金》中《格列明公爵咏叹调》,用俄文演唱。另一首是桑桐作曲的《让我们的人民赢得胜利》。当时在场听音乐会的有周恩来总理、陈毅副总理、贺绿汀院长、包尔汉、中央戏剧学院院长李伯钊等。音乐会结束后,大家合影。周总理招手叫温可铮坐在他身边,我被安排蹲在周总理前。当时我们都很激动,我听周总理问可铮:"你是在苏联学的吗?你的俄文唱得非常好,我每个词都听懂了。"可铮激动地说:"我没去过苏联,我是在上海学的。"周总理高兴地说:"温可铮是我国自己培养出来的,你唱得非常好。"接着又问:"你在上海是演员吗?"可铮回答:"'我是上海音乐学院声乐系老师。"周总理又高兴地说:"你这么年轻就当老师,要努力,要多培养出像你一样唱得好的学生。"

调演结束后,我们队就出发去天津演出。天津音乐会的日期已经确定,音乐会的票也已售完。刚到天津,文化部突然来调令,要可铮立刻去北京,天津音乐会只好延期。可铮和我赶回北京,文化部的领导说:"陈毅副总理点名要可铮在庆祝元旦招待会上演唱。"我们到人民大会堂,陈毅副总理在大宴

在上海受到比利时伊丽莎白皇太后接见

参加全国第一届独唱独奏调演后与周恩来总理、陈毅副总理等合影。总理右是可铮,总理前是我

青年男低音歌唱家温可铮，演唱了卢蒙巴的歌。"让人民获得胜利吧" 钢琴伴奏：王逑、大提琴助奏：王研

《人民画报》1962 年第 8 期刊登可铮演唱照片

会厅招待各国大使及外国专家。宴会结束，开始节目演出，可铮唱的曲目和在中南海一样。可铮唱完在后台正准备换下演出服，文化部工作人员急忙跑来说不要换衣服，转达陈毅副总理的话："今天是庆祝新年，要唱些快乐有趣的歌，让温可铮再唱《跳蚤之歌》和《酒鬼之歌》。"可铮唱完，我们只见陈毅副总理高兴得带头把两只手高高举向头顶拍着手，外国大使和专家们也学陈毅副总理，两只手高高举向头顶拍着手。演出结束后，陈毅副总理请我们在小宴会厅吃饭，他跟大家说："大家辛苦了，多吃一点。"接着又握着可铮的手说："你唱得太好了，《酒鬼之歌》的表演及演唱真是太精彩了，你看大家多么高兴。"

天津演出结束，我们又奔赴西安、成都、重庆、武汉演出。我们这队的每场音乐会都受到热烈欢迎。就是在西安天气实在太冷，剧场没有暖气，我们女的只好穿着漂亮的棉袄上台表演,这也是我生平仅有的一次,上台演出没穿演出服而是穿的棉袄。

1956 年,文化部组织一个音乐家代表团去香港演出,由中央音乐学院院长赵沨任团长。参加演出的有刘诗昆、张利娟等。赵沨院长点名要温可铮参加独唱,但上海音乐学院有领导不同意,说这个人不能让他出国,因他要"叛国"的。赵沨院长说:"我负责。"上音领导还是坚决不同意,赵沨院长没办法了,只好让施鸿鄂去香港。后来,我们每次去北京都要探望赵沨院长,他一直对此事耿耿于怀。

1956 年,苏石林教授回国,接着就有保加利亚音乐学院院长、声乐专家契尔金教授依中保文化交流协议来中国讲学。他先到北京总政歌舞团任教,那时正是放暑假,我俩回北京探亲,听说专家在总政上课的事,可铮立刻就去听课。有一次有位学生有病不能上课,专家说谁来唱,可铮就举手,契尔金就听可铮唱。可铮唱完,契尔金特别高兴,立刻问可铮:"上海的学生都是像你一样唱得这样好吗?"可铮说:"是的,上海唱得好的很多。"契尔金教授就向文化部提出,要去上海音乐院声乐系任教。文化部同意,契尔金到上音来教学,外带总政四五位同学一起来。专家一到上海,第一个就选了可铮。可铮非常幸运,又跟契尔金教授学了两年。可铮一直说:"我学声乐,一生最大的幸福就是跟随了两位好老师。世界上美声唱法有两个最好的学派,一个是西班牙的加尔西亚(M·Garcia)学派(现在检查声带用的小圆镜,就是加尔西亚发明的,所以又称加尔西亚镜),契尔金教授正是加尔西亚学派的传人。另一个是意大利的伦巴尔蒂(F·Lamjperti)学派,苏石林教授正是伦

和契尔金教授在上海

巴尔蒂学派的传人。"

可铮跟契尔金教授学习，除了吃饭、睡觉，几乎所有的时间都扑在学习上，这对他来说是多么难得的机会啊！这时学院里正在搞"大鸣大放"，可铮此时虽也参加开会，但他根本没听进每一位发言者说的是什么，脑海里想的是歌和歌词。

1957年，莫斯科世界青年联欢节有国际声乐比赛，契尔金教授决定让可铮去参加比赛，可是声乐系不同意，说可铮要叛国的。契尔金教授非常生气，亲自去文化部力争。契尔金说："我是依中保文化交流协议被保加利亚政府派来的，温可铮去参加比赛一定会拿奖，这是我在中国工作的成绩，声乐系说他要叛国，那我就来做担保。"契尔金教授把事情经过全告诉了可铮，让可铮一定要争气，一定要唱出好成绩。

1957年6月，我紧张地准备钢琴毕业考试，可铮紧张地准备去莫斯科参加国际声乐比赛。不久他就去北京集合，而我们这届的毕业生组织去南昌、广州、桂林演出。

可铮在比赛中唱得特别好,本来应该获金质奖的,因为这次比赛在苏联,所以领导告诉他金质奖要让给苏联老大哥,组织上还跟可铮说明了让的"道理"。可铮虽拿了银质奖,但因为唱得好,所以苏联国家唱片公司特意为可铮录制了个人演唱专辑并出版。著名苏联声乐权威巴尔索娃撰文:"中国歌唱家温可铮表演的每一个节目都贯穿着生活气息,他能够把室内乐和歌剧风格上每一个区别都敏锐地表现出来。这位青年歌唱家出色地用俄语、意大利语和德语歌唱,完全把作品的活力和气息保存下来了。"

1957年,在莫斯科国际青年歌唱家歌唱比赛中与各国参赛歌手在一起

当时我在桂林演出,接到可铮获奖的喜讯,我特别高兴。这时学校来电报急催我们全体返校。一回到学校立即参加反右运动。凡是在大鸣大放时积极发言的,现在都成了"右派"。我们同班级的作曲系同学有好几位被划为"右派"。可铮从北京回来也参加反右斗争。因在大鸣大放时,可铮每星

期安排3次跟契尔金教授上声乐课,准备比赛曲目,契尔金教授还给可铮布置了许多其他的曲目,可铮把所有时间都花在学习上,恨不得不吃饭不睡觉,真是时间不够用,还要给自己的学生上课,所以他没有时间关心什么大鸣大放,所以在反右运动中我们只是开会受教育。

1958年后,学校不断有下工厂、下农村的演出任务,可铮几乎都要参加,同时还要跟契尔金教授上课。5月中旬,全校又开展"搞臭资产阶级个人主义和批判名利思想"运动,可铮当然首当其冲,要检查批判个人主义名利思想。

1960年6月,全院分5个队去江西、河南、云南、贵州、浙江等省开展"六边"活动,就是边劳动,边创作,边演出,边采风,边学习,边辅导。我分在江西队,可铮分在河南队。在六边活动结束回上海后,可铮给我讲了一个可笑的事。说他们在河南,当地人生活很苦,所以胖人很少。一次他们从农村回到开封,大家都去澡堂洗澡,洗完澡就在休息室的靠椅上睡觉。大家都很累,睡得正香,突然有服务员推醒可铮说:"到时间了,你快回去做饭,食堂要开饭了。"原来服务员看可铮长得胖,以为那一定是烧饭的大师傅。同去洗澡的同学哈哈大笑。

在莫斯科获奖后,可铮更加努力学习。他通过国际比赛学习到许多,也知道自己缺少许多。契尔金专家回国后,他就自己听唱片,记得他常到钢琴家刘诗昆的父亲刘海皋家中听唱片,从中学习曲目,回家后就分析琢磨,研究练习,然后就练唱,用不同技术、不同语言、不同音色演唱各类曲目。他常说的一句话是:"要成为一位伟大的艺术家,一定要做到耐得住寂寞,抗得住诱惑,经得住冲击,守得住心境。"

在工厂为工人演唱

在农村为农民演唱

1958 年，上海音乐学院从漕河泾校区搬到汾阳路后，因近市中心淮海路，下班后可铮和我有时会散步回家。一次在襄阳路发现一家卖旧唱片（黑胶木唱片）的小店。我们进去一看，店里卖的都是过去欧洲及美国大都会著名歌唱家的唱片，这使可铮喜出望外。那个时候在上海，只能去国际书店买到苏联出版的唱片。所以一到发薪的那天，可铮和我就先到这家小店，挑选他所需要和喜欢的唱片。可铮跟我说，以前电声不发达，歌唱家是对着话筒演唱，演唱时声音是刻录在蜡盘上的。所以，歌唱家完全是靠自己的技术来唱。你听黑胶木唱片，就可以听出他们是如何控制气息的，如何运用头腔、胸腔共鸣的，这是原声态，没有任何电声的帮助。一个学习声乐的演唱者，只有多听这样的唱片才能学到别人演唱的技巧。非常遗憾的是，不久这家专卖西欧古典音乐的唱片小店就关门了。但对可铮来说，在这短短的一段时间里，能听到这么多西欧著名歌唱家演唱的歌曲，研究他们的演唱技术、演唱风格和吐词，了解到一些西欧古典歌曲的曲目，是很幸福和高兴的一件事。

可铮对学生如对自己的子女，既严格又疼爱。可铮教学非常认真，他会为每位学生写教学笔记，记录下学生存在什么问题，用什么方法来解决，应该唱什么曲目。上课时他会给学生写个小条子，写上你在课下练习时应该注意的方法。有些学生家庭经济较困难，可铮就叫他们来家里补课，上完课就留他们吃饭，每次我都炖一大锅红烧肉和鸡蛋。可铮说："唱歌要有好身体，要锻炼身体，又要保证足够的营养。"到节假日，可铮请所有的学生到家来包饺子，记得一次和了 10 斤面粉，包的饺子吃了3天，又加上许多菜，还有冰糖肘子等，吃得大家弯不下腰来。有时可铮会带学生一起去西郊公园野餐、打羽毛球，做各种游戏，使大家感到这是一个团结友爱的大家庭。

和学生们在西郊公园野餐

可铮认为，"明师"比"名师"更重要。除了学问和为师者的素养，更重要的是为师者是否具备教学的热忱，尤其是学习声乐，每一位学生的乐器就是喉部，包括舌头、声带等，还有横膈膜及腹部的呼吸，看不见，摸不到，一切都要靠敏锐的感觉。声乐老师首先要教授学生制造一个好的乐器，并运用这个好乐器演唱不同风格、不同语言（首先是意大利语，因意大利语是歌唱的语言，适合训练）的歌曲。作为声乐老师，自己要先有正确的演唱方法，演唱曲目要多，要经常在舞台上演唱，要真的明白和研究歌唱的真谛。声乐老师在教学中除了教学生科学的发声技术，更重要的是能正确地示范，使学生一目了然，分辨什么声音是对的，什么声音是错的，并能运用到各种不同类型、不同风格、不同语言的歌曲演唱中去。除了教授声乐知识外，就是对学生要付出全部的爱心。可铮认为："学生没有坏的，坏学生都是被教坏的。办学应有两个目的，一是研究学术；二是造就人才。学术的造诣是不能以数量计算的。我们要向高深研究方向去做，必须有两个必备条件，其一是设备；其二是教授。设备容易办到，只要有钱；可是教授就难了。一个大学之所以为大学，全在于有没有好教授。学生的知识，有赖于教授的教导指点，就是学生的精神修养，也全赖教授自身的修养，这决不是一朝一夕可以做到的。"

"文革"前，一到寒暑假，我们常到全国各地举办独唱音乐会。我们北到哈尔滨、延边朝鲜族自治州，西到西宁、西安、成都、重庆，东到青岛、烟台、济南，南到南宁、桂林、昆明、思茅、西双版纳景洪傣族自治州，还有上海周边的合肥、芜湖、苏州、无锡、南京、扬州、杭州等诸多大中小城市，再加上天津、北京、上海。音乐会结束后，还要在当地辅导歌舞团或部队文工团的歌唱演员，或举办声乐讲座。

最使我们难忘的是1961年参加第一届哈尔滨之夏音乐会，可铮在松花江边的友谊宫音乐厅举办独唱音乐会。这次举办独唱音乐会的还有著名女高音歌唱家张权、男中音歌唱家于忠海、男高音歌唱家黄源尹，还有刚从苏联留学回来的女高音歌唱家钟伟。可铮有位南京国立音乐院的同学李书年，原是北京总政歌舞团的声乐演员，他见到可铮特别高兴和感慨，他告诉可铮，总政文化部部长陈沂因在反右运动中说了些真话，被打成"右派"下放到北大荒劳动，而他在总政歌舞团为保陈沂也被打成"右派"，下放到北大荒劳动。最近他们都被抽调到哈尔滨，组织上让陈沂写回忆录，而他被调入学校教音乐课，但"右派"帽子还没有摘。因可铮在北京演出时就曾听总政歌舞团的演员说，陈沂部长特别爱才，为人正直。所以可铮送给那位同学3张独唱音乐会票，请陈沂部长和他爱人马楠（当时是哈尔滨艺术学院副院长）听音乐会。可铮在哈尔滨的独唱音乐会获得很大成功，得到听众热烈欢迎。

　　哈尔滨之夏音乐会闭幕音乐会分两个剧场举行，一个是在人民剧院，另一个是在青年宫。因哈尔滨的首长们都参加人民剧院的闭幕音乐会，所以可铮被安排在人民剧院压台，唱最后一个曲目。青年宫的闭幕音乐会结束了，但观众都不走，提出要听温可铮唱。舞台监督告诉听众，温可铮在人民剧院还没上台唱呢！观众提出，我们暂时休息等温可铮来。青年宫立刻打电话给人民剧院舞台监督，舞台监督再告诉可铮，可铮说："我这里唱完立刻去青年宫唱。"等可铮唱完，我们立刻赶到青年宫，许多观众都在青年宫前的广场上，有吸烟的，有聊天的……当我们一下汽车，有观众就喊："温可铮来了！温可铮来了！"那些在广场上休息的观众就涌向音乐大厅。可铮一走进后台就问舞台监督："今天有没男低音唱？唱了什么曲目？"然后可铮决定前面男低音唱过的曲目他不再唱。当可铮和我走上舞台，听众站着，长时间热烈鼓掌，这时可铮被听众感动得流下眼泪，他没想到听众这样地热爱他，喜欢他的歌声。第二天我们才知道许多观众因时间太晚，公交车已停驶，都是走回家的，有的甚至走了两个多小时。市委知道此情况，立刻派宣传部牛乃文部长来友谊宫宾馆慰问可铮和我。那时

20 世纪 50 年代演唱会

20 世纪 60 年代演唱会

是三年自然灾害时期，食品缺乏，所以他带来许多猪肉罐头，并带我们参观哈尔滨市区及哈尔滨有名的亚麻厂。接着我们又去哈尔滨军工大学演唱 3 场独唱音乐会，再巡演全东北各大城市。

从 1954 年我和可铮结婚，一直到 1966 年，我们的生活一直是充实而忙碌的，小家庭的一切都无条件地服从于可铮对声乐艺术的刻苦追求。那十几年的日子过得真快，我们一直感觉时间不够用，每天从睁开眼睛直到睡觉，都沉浸在音乐的世界里。因为可铮要不断购置唱片、乐谱、书籍，添置留声机、扩音机、喇叭箱、录音机，我们微薄的工资根本不够应付，常常捉襟见肘，寅吃卯粮。除了音乐，我们的日常生活极为简单，家里很少做饭，可铮认为做饭太浪费时间了，他始终认定声乐艺术才是他唯一的生活要素，其他都不重要。也正是这种苦行僧式的执着，使可铮的演唱水平和教学水平进步飞快，如日中天。但是，我们怎么都想不到，正当我们努力攀登音乐艺术的珠穆朗玛峰时，一场浩劫正向我们扑来。

第四章 岁月磨难

一

　　1965 年 10 月，应广州国际贸易展览会之邀，由院党委副书记萧挺率领可铮等 16 位师生赴广州及深圳、长沙演出，共演了 44 场。可铮曾告诉我，他们在广州时接到去白云山宾馆演出的任务。去了才知道这是周总理为招待越南胡志明主席安排的演出，当时在场的还有罗瑞卿和陶铸等首长。可铮唱完《解放南方》，胡志明主席特别高兴，说可铮唱得好，应该送个礼物，但没有准备。当他看到桌子上放有鲜红的苹果，他就拿了一个最大的苹果，走到舞台前送给可铮。可铮拿了这个苹果一直不舍得吃，因为这是胡志明主席对他演唱的最好的评价及奖励。

　　可铮从广州等城市演出回来，学院师生已展开对新编历史剧《海瑞罢官》的批判了。我们是普通的群众,平时无暇关心政治,因这么多年不停地有政治运动,所以并没感到有一场大的政治运动将要来临。1966年春节,我们回北京和父母亲团聚,没想到这是我们最后一次的见面和团聚。回上海时,可铮父亲一定要去火车站送我们,在火车快起动时,可铮的父亲突然抑制不住离别的伤感而泪流满面。当时我们都没有想到,这不是暂时的离别而是永诀。

在《五一六通知》公布后不久,全国掀起了"扫四旧"运动。学院里的红卫兵和造反派给可铮罗织了许多莫须有的罪名,"叛国分子""漏网右派""洋奴""反动学术权威"等大帽子,一顶又一顶向可铮头上扣。可铮蒙了,那些从国外回来为祖国效力的专家学者也都蒙了,大家都不明白,究竟是怎么回事,怎么一下子好端端的学者都变成了"牛鬼蛇神"。

他们被关进了"牛棚",每天写检查、打扫厕所和清洁校园。"牛鬼"集合时,可铮常会被叫出来挨骂挨打,因为他是"牛鬼队"中的"青壮年"。

除了打骂,恶意的体罚也是家常便饭。体罚中以搬钢琴最为繁重,经常要求4个"牛鬼蛇神"把1台钢琴从1楼抬到5楼,然后调转头从5楼再搬回到1楼,周而复始,不仅折磨人的体力,更是折磨人的意志。有一次,红卫兵又命令可铮和陈钢(著名作曲家,小提琴协奏曲《梁祝》的创作者之一)、史大正(青年钢琴家,著名导演史东山之子)、陈孝同(政治教师)一起,从1楼到5楼上上下下不停地搬钢琴。由于过度劳累,史大正突然失手,钢琴歪斜,眼看着钢琴要砸向可铮和陈钢,多亏一直在旁边关注他们的工友王浩川反应敏捷,立刻冲上去帮助他们,把钢琴扶正,才避免了一场眼看就要发生的惨祸。

记得有一天,当时的几位系领导叫我去声乐系办公室谈话。我走进去看见他们一个个绷着脸严厉地看着我,只听一个声音说到:"王述,你要检举揭发温可铮,你知道吗?温可铮在北京有老婆有孩子,他这样欺骗你,你还包庇他,你一定要回去好好想一想,揭发他反党反社会主义的言行。"我当时摸不着头脑,立刻问:"你们今天说的话是代表你们个人,还是代表组织?"他们回答:"当然是代表组织。"我说:"既然你们代表组织跟我谈话,我相信组织,温可铮这样欺骗我,我现在就和他离婚。"他们急着说:"不是要你和他离婚,而要你立刻和他划清界限,揭发他反党、反社会主义的言行。"我又说:"我能问一个问题吗?"他们说:"什么问题?"我说:"结婚后我每年都去北京探亲,怎么他的老婆从来没有找我打架?"他们急着说:"你不要想这么多,你要站稳立场,立刻回去写揭发他的大字报。"我走出办公室,心想他们太愚蠢了,为了要我揭发可铮写大字报竟来编这么荒诞无稽的故事。过了几天,我没有写揭发可铮的大字报,他们就给了我一个罪名:"包庇温可铮。"于是我也成了"牛鬼蛇神",进了"牛棚"。那时我俩进了"牛棚",就是和革命师生区别开,"牛鬼"都集中在六亩地的八琴房,每天劳动、学习、写检查,但晚上还允许回家。

因为可铮的罪名是"叛国""反动分子""漏网右派""反动学术权威",帽子一大堆,所以每月只给他15元生活费,每顿饭只能买一盆青菜。但每次可铮去食堂买饭,食堂打饭的毛庆华师傅总是趁红卫兵不注意时,偷偷地放一大勺红烧肉的汤在碗底,然后再把饭和青菜盖在上面。多年来在上音工作,可铮没有架子,对传达室工作人员、对食堂的大师傅及工友都很好,现在他们看到可铮挨整,心里都有不平,暗中伸出援手帮助可铮。

1966年10月前后,全国掀起抄家风。我们家没有金银财宝,只有当时称为"封资修"的乐谱和唱片。记得声乐系红卫兵来抄家,在场的可铮的学生哈木提说:"温可铮的乐谱和唱片太多了,不要抄了,把书橱、唱片柜及钢琴全部贴封条。"并大声对可铮说:"你们不能私自撕封条,不然就是罪加一等,死路一条。"其实,哈木提是要暗中保护老师的这些珍贵的乐谱和唱片。可铮和我从内心一直感谢这位好学生。

在那个年代,学生打老师是"勇敢的造反行为",是"革命立场坚定的表现",但是也有学生不这样认为。有一次,当有学生打可铮,可铮的学生徐春龙,是北京解放军二炮文工团送来学习的,他就站出来阻止,说:"要文斗不要武斗。"打人的学生和他争吵,还要动手,徐春龙说:"我是穿了解放军军装的,不能打人,如果你们一定要动手,那让我把军装脱了咱们试试,不把你们打垮我就不是军人。"后来这批解放军文工团送来进修的同学要回部队了,徐春龙心中一直担心,老师还会挨打吗?怎样来保护老师呢?

徐春龙担心的事还是发生了。1966年11月,一天半夜,一批红卫兵突然闯进我家,他们把我反锁在大房间,把可铮拖到小房间里进行毒打。他们先对可铮拳打脚踢,然后拿海绵拖鞋硬往可铮嘴里塞,但因拖鞋太大塞不进去,他们就换了尼龙袜子硬塞进他嘴里,并同时用拳头打他的颈部、喉部,可铮被打得气也透不过来。可铮这时突然意识到，这些人今天来的目的，是要毁掉他唱歌的嗓子，这是何其恶毒的阴谋。想到这里，可铮使足全身之力，三下两下推倒了正在打他的红卫兵，夺门而出，从3楼跳到2楼，再从2楼跳到1楼，然后从弄堂跑到北京西路，他一边跑一边大声呼喊："红卫兵打人了！"但是，此时的可铮因跳楼而脚腕受伤，脚肿得已不能再跑，许多红卫兵追了上来，再次把他抓住押回3楼。在这段可怕的时间里，我被反锁在房间里，听到可铮被打的声音，听到可铮跳楼及红卫兵追赶的声音，我只能拼命地敲门并喊叫："开门呀！开门呀！"但是没有一个人理我。后来听到许多脚步声，是红卫兵把可铮押回来了。我的门打开了，进来一位女红卫兵，她抽下腰上的皮带，猛烈地用皮带抽打我的背，嘴里骂着："喊什么，快穿衣服跟我们走。"我被女红卫兵押出大房间。

　　红卫兵押着可铮向楼下走，我也被押着向楼下走。我看到弄堂里站着许多附近工厂的工人。当时南汇路和北京西路都有工厂，我们平时从家出入弄口，常会见到上下班的工人，他们见到可铮都会说："这不是男低音温可铮吗？"可铮总是主动和工人们打招呼，给大家留下了很好的印象。正是刚才可铮逃到外面的呼救声，惊动了上夜班的工人，许多工人听说温可铮被红卫兵殴打的消息都赶了过来。他们在弄堂里对红卫兵大声说："红卫兵要听毛主席的话，要文斗不要武斗。""不能打人。"正是工人们的干预，才使红卫兵不得不停止了对我们的殴打。红卫兵推搡着我们走向弄口，弄口停着一辆小汽车，红卫兵把我们推进小汽车，同时用布把我们的双眼蒙住，我和可铮坐在汽车中间，两旁各坐一位红卫兵，突然我感到腰上有一把匕首顶着我，可铮的右腰也有一把匕首顶着，我们俩紧紧地握着手，互相支持，互相安慰，好像我们要一起赴刑场似的，因我们当时想今天一定要死了。汽车开动，转来转去开了很久，我们早已迷失方向，突然车停了，让我们下车，同时拉掉蒙住我们双眼的布，我们一看，牌子上写着：上海市福州路公安总局。红卫兵押着我们走进公安局，公安局有两位公安人员值班，红卫兵说："他们两人打红卫兵，你们要把他们关起来。"公安人员说："你们放心吧，把他们交给我们来处理。"红卫兵走后，一位年纪稍长的公安人员走过来，他看着可铮被揍打后的狼狈样子，说："你是男低音歌唱家温可铮吧？我是你忠实的听众啊！"可铮听后激动得泪如雨下。另一位公安人员拿了两大杯水给我们喝，并说："现在两派斗得很厉害，音乐学院也不例外，所以你们不要害怕，先在此休息一晚，明天早晨我们送你们回家。"第二天早晨这两位公安人员换了便衣送我们回家。我们一进家门，只见房间里翻得乱七八糟，昨天打人的红卫兵有的睡在床上，有的睡在沙发上，有的把棉被铺在地上，睡在地板上。一位公安人员说："快起来，你们可以走了，他们不是资本家，所有东西都是他们的劳动所得，抄家只是抄'四旧'，拿走的东西要写清单。"那天拿走了无线电、唱机、《鲁迅全集》等书，还想搬走钢琴，但钢琴实在太重，又要从3楼搬下去，最后他们放弃了，但他们在钢琴上贴了封条。

　　第二天晚上约11点多钟，突然听到楼梯有脚步声，10多个红卫兵过来了，手臂上套的红袖套上写着"联动"两个字，说的一口地道的北京话。他们对可铮说："今天我们来你欢迎吗?"可铮说:"我们家中从未来过这么多说北京话的客人,听到北京话感到特亲切。"红卫兵说:"姓温的还挺温情,我们到你的学院了解你的情况,你就是要好好改造思想。"接着又说:"今天来实话跟你说,你唱得好,在北京你的音乐会我们买不到票,所以现在在让你唱歌。"可铮说:"唱什么?"他们说:"唱《大海航行靠舵手》,王述你弹钢琴。"可铮唱完,他们说:"唱得真好,你男低音的声音确实好听,再唱一首语录歌《下定决心排除万难》。"可铮唱完,他们风风火火地走了。

　　第二天晚上9点多钟,我们劳动写检查后回家,可铮说肚子饿了,我让他去马路边的小摊上喝碗豆浆和吃一个烧饼,我就先回家。刚走进一楼大门,就遇到同楼的施老师,她说:"红卫兵又来你们家了,现在正在3楼呢!"我说:"可铮在南汇路小摊上喝豆浆,请你去告诉他不要回家。"施老师立刻出门找到可铮,告诉他不要回家。可铮说:"那王述呢? 我不放心。"施老师说:"我相信王述会应付他们,你就别管了,吃完千万不要回家。"我走到3楼一看,原来是昨晚让可铮唱歌的那批红卫兵。他们看着我开房间门,我请他们进去,他们问:"温可铮呢,怎么没回来?"我说:"他还在学院劳动或在写检查。"他们说:"昨晚听他唱歌我们没听够,所以今天再来听。"我说:"只好请你们等他回家了。"他们说:"我们就坐在沙发上休息一会儿,等他回来。"我们一起等了很久,他们坐在沙发上都睡着了。一直到12点多钟有一位红卫兵突然醒了,问我:"怎么还没回来?"我说:"我也不知道,可能学校有事吧,这个时候不回来,可能今天就不会回来了。"他把红卫兵都叫醒,大家都站起来说:"我们不等了,你告诉温可铮明天我们再来,让他多准备几首歌。"红卫兵都走了。可是我的心不踏实，不知可铮去哪里了，时间已过午夜，电车都停了，我猜想可铮可能回学校了，于是就从家步行到学校。传达室的师傅见到我说："你来找温可铮吗？"我说："他在不在学校？"他说："你放心回家去吧，他在学校。"我这才放心地从学校步行回家。到家时快凌晨3点钟了，我就靠在床上不安地睡了一会儿。天刚亮我就往学校去，走进"牛棚"，我看见可铮两手趴在桌子上，头就靠在手上，他听到声音抬起头来一看见是我，立刻跑过来用急促的眼神看着我，用带点嘶哑的声音问我："你怎么样？他们有没有欺侮你？我坐在此心中担心极了。"我告诉他昨晚经过的情况，说我一切都好。可铮立刻拥抱着我，泣不成声，我也是如此。

情况越来越严重，许多老教授没有了尊严。指挥系主任杨嘉仁教授和附中校长程卓如夫妇自杀，民器系主任陆修棠教授跳河自杀，青年钢琴家顾圣婴一家三口自杀……有一天，红卫兵叫"牛鬼"全体集合在篮球场上，先叫出史大正、温可铮，他们是比较年轻身体较好的"牛鬼"，到队前先拳打脚踢他们一顿，然后训话，叫大家排队走到北大楼。在大厅里红卫兵拉着一根很粗的绳子，绳子放得很低，在每个"牛鬼"的前胸分别挂上写有"反党分子""反革命分子""反动分子""叛国分子"等不同的牌子，然后叫每个"牛鬼"从绳子下爬过去，说是"钻狗洞"。我是"牛鬼"，当然不例外地要爬过去，可是当我看到钢琴系李翠贞教授，脸色惨白，含着眼泪，胸前挂着"老妖精"的牌子，从绳子下爬过去，我的心都揪疼了。我又看到我毕业后跟随学习的老师、钢琴系主任范继森教授，他患肝癌刚在长海医院动完手术,也叫他跪着爬过去。还有我在校读书时的主课老师李嘉禄教授也在爬。许多教授、老师都在爬、爬、爬……

　　吃午饭的时间到了,我们可以回家吃饭,我从南大楼3楼声乐系后面的楼,下到1楼,楼道里一个人都没有,安静得很,我走过长长的走廊,走到101朝北的教室门口,听到一个极痛苦的带点喘不过气的抽泣声。我从门的一小块玻璃中看去,原来是李翠贞教授。我看看周围很安静没有人,就推门进去,我嘴里喊着:"李先生!"快步走到她面前,她用含垢忍辱、绝望失神的眼睛看着我,她的双手紧紧地用力地抓住我的手,手指甲都似刺扎进我的肉里,痛得我想抽出我的手都抽不出来。李先生哭泣地说:"王逑啊,我不要活了,我不是人,是一条狗,我还活着干什么!"我含着泪说:"李先生现在已是午饭时间,红卫兵都去吃饭了,我不能在这里跟你说话,红卫兵发现了,麻烦就大了,我在前面走,你在后面走,我送你回家。"我从学校大门走出不远,发现李先生也走出校门,我们前后走到24路车站,一起上了车。车上人多,我们不敢多说话,到南京西路站下车,我就送李先生回家。一路上我劝她:"要想开,今天有许多人陪你钻狗洞,你不孤独,我们每天都陪着你,和你在一起,这是群众运动,很快就会过去……千万不能想到死,一定要活着,你的亲人,你的许多好学生都等着你呢!"我感到李先生的情绪渐渐平稳,下午报到的时间快到了,我就和李先生告别,饭也没时间吃,就回学校劳动了。谁知李先生家中没有任何人,保姆也被李先生借故打发走了,没有人在旁开导她,安慰她。那天晚上,李先生穿戴整齐,还化了妆,吃安眠药放煤气自杀了。到死她还保持她的尊严、高贵。第二天我到学校听说李先生自杀，我自责为什么不坚持陪她？为什么不想法救她？虽然后来有不少人劝我，在几近绝望的境地，李先生为了自证清白、自保尊严，选择了彻底解脱，也不失为可以理解的抗争。但对我而言，即使是过了几十年的今天，当我想到此事，还感到揪心地疼，她是在受到残酷迫害的情况下，不堪凌辱，含冤而死的。

一次，北京来的红卫兵，将音乐学院的"牛鬼蛇神"们集中起来，拉出腰中的皮带"刷"地一抽："低下头来！你们不都是音乐家吗？那就让你们一起来个大合唱吧！"接着转头指着温可铮说："温可铮，你不是著名的男低音歌唱家吗？那就让你来领唱，要唱得清楚，唱得响亮！现在开始，预备……起！"于是，大家低着头，声音参差不齐地唱着那首从北京流传过来的《牛鬼蛇神歌》：我是牛鬼蛇神，我有罪，我该死……当然，其中唱得最响的是被革命师生们侮辱的"老牛"温可铮。不过，他有意压着嗓子从低声区挤出的"歌声"，倒也颇似爬行着的老牛的低吼……

那一年冬天，天气特别冷，又下了很大的雪，可铮被关在"牛棚"里，有位好心的工友偷偷告诉他，北京来的红卫兵马上就要来批斗他，还扬言要掐坏他的嗓子，求生和保护自己嗓子的本能，使他突发勇气，穿着单薄的衣服翻墙而出，赤脚沿着满地冰雪的复兴中路向西奔跑。红卫兵发现后，在后面紧追不舍，可铮狼狈地跌跌撞撞跑到常熟路口，岗亭里的警察一眼就认出了可铮，他把可铮一把拉进岗亭，并告诉追来的红卫兵，这个人已被我们逮住，你们不用管了。就这样，这位民警保住了可铮的嗓子，乃至性命。多年过去了，当我和可铮走过这个警亭，可铮就会停下，向警亭行注目礼。因为，这里曾经是他最艰难人生中的诺亚方舟啊！

可铮知道自己没有历史问题，就是太热爱歌唱事业，把时间全部花在专业上，说话太直，做人太诚实，所以遭人嫉恨。对这一切他深感迷茫："我爱唱歌，想把歌唱好，我错在哪儿了？"

1967 年，我的父母亲在上海被抄家"扫地出门"，不久可铮的父母亲在北京也被抄家"扫地出门"。他父亲一生心血收藏的字画，全部被抄去，一气之下心脏病突发离世，仅过了1 个月可铮的母亲也去世了。接连收到北京发来的报丧电报，可铮想请假回北京奔丧，都未获批准。他跪在地上面朝北方，给父母磕头并号啕大哭，这时他的心情坏极了。

一天，我在"牛棚"写完"检查"，回到家中，见他坐在床边，满脸忧伤，眼里含着泪，绝望地看着我，说："述，我实在挺不住了，实在活不下去了。"他从口袋里拿出平时积攒的一瓶安眠药。我心中一惊，强装镇定地说："你不想活了，你想死，好，我陪你一起死！但死之前，我们要把话说清楚，我们再一起死。我记得你父亲说你一年级的时候就写作文，将来要成为一位伟大的歌唱家，是吗？"可铮用茫然的眼神看着我说："是的。""你是咬破手指写了血书，誓言不当上歌唱家，不当上教授，不回家，这才得到你父亲勉强同意，你才考上南京国立音乐学院，是吗？""是的。""这是你血的誓言，你的理想实现了吗？"他摇摇头轻声地说："没有。""你常跟我说世界上著名的、好听的歌太多了，那你现在觉得唱够了吗？"他深情地看着我说："没有！"因我真正地触动了他把唱歌作为他生命的

为艺术为爱情

脉搏。我又说：“你很喜欢教声乐，也很喜欢你的学生，那你教够了吗？”“没有！”“那你能甘心死吗？！咬咬牙挺过去，我一直都陪着你，支持你。”我感到他绝望的念头有点动摇，便立刻从他手里抢夺下小药瓶，快步跑向厕所，把一瓶安眠药全部倒入抽水马桶里。我走回房间，暗淡的灯光中，房内一片寂静，只听见可铮的抽泣声。我的心在绞痛着，我把他拥在怀里，忍着泪及心中的悲伤，我要坚强，我要给他活下去的力量和勇气！我们就这样紧紧地搂抱着坐在床边一直到天亮。

有一天红卫兵跟我说：“从今天起给你一个任务，每天给1个人送3顿饭，不许说话，不能告诉给任何人。”我揣着忐忑不安的心情，端着早饭，走进了唱片室（当时的临时隔离室）的最后一间房间。红卫兵把门打开，我看见一个人坐在地上的草席上，脸上青一块紫一块，眼睛肿得睁不开，整个脸都变形了。我站着看得心发慌，不知道他是谁？

红卫兵站在我后面，我们不能讲话，当我蹲下把早饭送到他手里时，我倒吸了一口冷气，啊！原来是陈钢。为什么要打他？为什么他会被打成那个样子？后来才听说，红卫兵嫌陈钢太聪明了，所以要打他的头。啊，难道聪明也是犯罪吗？

就这样，我给陈钢一连送了将近3个月的饭，我每次送饭时，由于红卫兵站在我后面，我不能讲话，但是我可以在脸部做表情，笑一笑或嘴不出声地动一动，再或眨一眨眼睛来表示同情和抚慰。

陈钢放出来后，他曾对我说：“王述，你知不知道，每天你给我送饭时，你对我的每一个笑容和每一个表情，对我都是一种安慰和期盼。你送了早饭，我就盼你送中饭。送了中饭，我就盼你送晚饭。"陈钢从唱片室回到"牛棚"后,常与可铮"暗中串联"。可铮只会唱歌不会写检查,许多都是陈钢帮着写的,所以陈钢一直说:"我们既是好友,又是难友。"是啊!我们都曾是"牛棚"的"棚友"呀!

在"牛棚"后期时,有一天红卫兵潘泉根对我说:"你挑选几个抄谱抄得好的,组成一个小组,要抄样板戏的分谱和外国交响乐的总谱和分谱。"于是,我就挑选了马革顺、丁善德、谭抒真、谢绍曾、陈钢和温可铮,后来还加上何大廷、施安同。我们在男女生宿舍后面一排小房子的一间屋里,中间放了一张大桌子,大家围坐在四周抄谱。我则每天负责发新谱,我暗示他们说:"你们慢慢抄,要抄得整齐,不要急着抄完。"这样,他们就可以不用去劳动了。

每天,我都把抄好的谱子整理好,交给红卫兵。而红卫兵也很满意我的工作。有一天潘泉根对我说:"你负责的抄谱工作做得很好,今天,让他们继续抄,而放你一天假,你可以回家看看。"那天上午我走出校门,先去探望了我的父母亲。我妈说今天是中秋节,要我回自己家看一下。我想,今天是中秋节,还是早些回学校,买些月饼给"棚友"们共享。由于那时没有钱,我只能买5分钱1只的月饼。我回到抄谱间,看周围一片安静,可能是过节,红卫兵也回家了。我走进抄谱间说:"今天是中秋节,我买了月饼每人发2只,请原谅,月饼是买最便宜的。现在我在门口外站着,你们快吃。"

多少年过去了,当我每次和可铮去看望谭抒真院长时,他总会说:"王逑,你知道世界上什么东西最好吃? 就是你发给我们吃的那2只月饼!"要知道,因为那个时候可铮每月的生活费才15元,而我每月的工资也只有60元,而每个月我要给父母生活费30元。我知道,可铮吃得多,所以我再给他10元,我自己的生活费是20元。这些月饼虽然是最便宜的,但他们都知道是用我20元生活费中的钱买的,更何况,我还担着风险。万一让红卫兵知道,我就有被打的危险。他们都关在学校,每顿饭只有5分钱的青菜,今天刚好是中秋节,我一定借这回家的机会给他们每人买2只月饼,让他们感到节日的温暖,感到人间还有温情在。

有一年的春节,"牛鬼"劳动表现好的被允许回家3天,红卫兵允许可铮回家1天。那天是年初二,又是可铮的生日,知道可铮能回家我特别高兴,一早我就去菜场买了他喜欢吃的菜。可铮回到家。我把菜烧好,两人高兴地坐下准备吃饭,突然一个红卫兵冲进家门一把抓住可铮说:"谁批准你回家的?"可铮答:"是某某某。"这个红卫兵说:"没有我的批准谁都不能回家,他说的不算数,立刻跟我回学校。"他押着可铮走了。到学校后,他集合了在校的"牛鬼",说可铮私自跑回家要受罚。他拿了一根很粗的长木棍,劈头盖脸地打可铮。一根长木棍打成两截,他就拿半截的木棍继续打。半截的木棍又打成一半,他就用四分之一的木棍打。木棍太短使不上劲,他就扔下木棍,见地上有一根很长很重的铁棍,他就拿起铁棍往可铮的腿部打过去。铁棍很重他拿不高,可铮见铁棍打过来,脑子突然想,我的两条腿这不是要被打断吗!他立刻双脚往上一跳,像表演京剧《三岔口》一样,铁棍从脚下抢过。他撒腿就跑,红卫兵追上去又把他抓回来,还要打,这时有人拉住这个红卫兵说:"不要打了,你看他满鼻子满嘴都是血,身上也都是伤,如被你打死了,你也会有麻烦的。"红卫兵也打累了,就叫:"谭抒真,你扶温可铮去洗掉脸上的血。"谭抒真扶着可铮慢慢走到水池边,他仔细地轻轻地帮助可铮洗净鼻子和嘴里流出来的血。由于可铮浑身是伤,晚上无法躺下睡觉,只能用手臂撑着熬过一夜。

我曾对可铮说过:"无论发生什么事都要坚强,不能想到死。如果你被关起来,我也会想尽办法看到你。如果我用手摸几下头顶上的头发,就说明我一切都好,你也做同样的动作,说明你一切都好。"可铮被棍棒打后,就关在北大楼4楼一间朝南的教室里。我知道后,每天很早主动为声乐系打开水。我手里拎着4只热水瓶,从小路穿过北大楼朝南的路,然后再绕过北大楼到食堂打开水。每次我走过北大楼时,可铮早已站在窗口。因窗是钉死的,他不能把头伸出窗外,但我们能远远地看到对方。我们都把手伸向头顶,摸几下头发说明一切都好,这算是互相安慰互相支持。我每天打开水一直坚持到他被放出来为止。

1967年,全国开始学生大串联,上海音乐学院成为重点接待站。每个教室都加了上下铺的床,食堂准备了饭菜,迎送来沪的全国各地的学生。

由于来上音串联的学生太多,床单、被单、枕套等都要每天洗净替换,学院红卫兵把此任务交给了我,要我负责。那时没有洗衣机,只能用双手洗。我向食堂的阿姨讨教,她们教会了我用搓板洗。洗换的被单实在太多,我从早到晚忙得停不下来,我跟红卫兵说明了情况,他们就叫我选几位男老师来帮助。我说:"温可铮会洗,还会用针线缝被子。"红卫兵同意了。但我和可铮互相只能干活,不能讲话。这时可铮就和我一起洗被子、晾被子、收被子。我又搬了一个乒乓球桌子,在上面缝被子。我在这边缝,可铮在我的对面缝。虽然我们从不说话,但我们互相看一眼,心中都是暖暖的,眼神就表达了对方的情意。有亲爱的人在身边,心里就很踏实。

回忆这段往事,我的心情都会难以平静。是什么力量支撑着我们挺过了那段苦难岁月?我的答案是,我们之间忠贞的爱,和我们互相之间的理解、默契和信任,以及我们对事业的共同追求,和对未来永远充满希望的信念。我心甘情愿地为可铮、为他的事业付出我的一切,这不仅是我的誓言,更是我的行动,我对此感到自豪,对自己在蹉跎岁月年代的选择,始终无愧无悔。

二

"文革"中期,上音接到全民备战的命令,全校师生到上海郊区实行军事化训练。可铮是"牛鬼"身份,跟随革命师生一起下乡,那时我已回到革命师生中。我们被分配在临近的两个村子。

可铮下乡要负责声乐系革命师生的日常饮水、用水。他每天清晨要拉着车,车上放着两个大水桶,到河边取水,然后把装满水的水桶拉到食堂(当时学校把食堂也搬到了农村)。每天多次来回运水,把水缸装满,再放上明矾,使水变得洁净。

工宣队把他安排在一位贫下中农家中,并要求那家人监督可铮。这位贫农家中的男主人是裁缝,晚上做针线活的时候,可铮就帮他钉扣子。这家贫农觉得可铮并不像工宣队所说的是"坏人"。可铮和他们相处得特别好,所以当工宣队来了解情况时,他的家人就说这位"牛鬼"表现得很好。有时他们还特别关心可铮,偶尔还给可铮煮个鸡蛋。

可铮每天天不亮就起身,他拉着车走在乡间田埂上,呼吸着新鲜空气,走得很远很远,在一片寂静的河边,他先练习唱歌,然后再拉水去食堂。半年的农村生活,虽然天天劳动,但没有了"批斗",还能偷偷练唱,这给可铮带来一段快乐和平静的日子。

可铮在上海郊区参加田间劳动

一天,他突然来找我,对我说:"工宣队通知我明天回上海,我感到凶多吉少,可能会发生什么事。"我立即安慰他:"不会有事的。"可是我心里也不安起来。

过了3天,工宣队宣布,全体革命师生回上海。等我回到上海迫不及待地要见到可铮。可铮说:"虚惊一场,原来他们是让我先搬运一切用具回上海。"我的担心这才放下。我不断地祷告,这种担惊受怕的日子何时是个头啊!

有一段时间，全系师生都去上钢五厂参加劳动，我和一些师生分配在炼钢水的车间。由于我们不懂炼钢技术，工人们就让我们坐成一排，等钢水炼好就让一人去打钟，浇铸钢锭车间的工人立刻知道钢水已炼成。可铮和一些师生分配在钢水浇成钢锭的车间，每次浇钢锭时都在几千摄氏度的高温下，虽然都穿着非常厚的炼钢服，但一根根几千摄氏度的钢锭竖立在地上，钢锭通红的光再加上散发出来的高温，使人受不了。当工人们休息，等待第二炉钢水炼好的间隙，他们要求革命师生唱歌，但没有一人站出来，实在太热了，都不愿意唱。这时正是可铮想练唱的好机会，所以可铮立刻站出来唱《咱们工人有力量》等歌，受到工人们特别欢迎。平时在食堂吃饭，可铮要等工人、革命师生吃完，他才能去吃。这天工人们护着可铮让他第一个买饭，第一个吃。可铮不敢，工宣队也上来阻止，并说："他是'牛鬼'，不能第一个吃。"钢铁工人围上来说："革命师生、革命造反派为什么不愿为我们唱歌，他们怕高温、怕苦，而温可铮非常愿意为工人唱歌，他不是'牛鬼'，他比你们好，他不怕高温，不怕苦，他为工人服务就是好样的，就是要让他第一个吃饭。你们是什么工宣队员，都是些在厂里不认真劳动干活的人，才投机取巧跑出去当工宣队。"工宣队辩论不过钢铁工人，只好看着一大群炼钢工人让可铮第一个买饭。这群工人又围坐在可铮周边陪着可铮一起吃饭。工人又一次地保护和支持了可铮。

可铮随时随地一有时间就默背他所学唱的歌，但他不敢出声，有时遇到下大雨，他对我说："我去郊外练声。"我们俩披着雨衣，骑自行车向西郊公园的方向去。我们骑到田野，把车停下,他站在田边地头大声地唱着,雨越下越大,我站在旁边静静地看着、听着,因在野外没有钢琴,我不能为他伴奏。滂沱大雨中,他的声音里充满着痛苦,充满着怨愤,更充满着无奈和不屈的抗争。雨水和泪水交织着从他的脸上淌下,我也泪流满面,默默地站在他身旁,我知道这时的我不仅是他的忠实伴侣,也是他无数"粉丝"的代表,更是他的精神支柱。

我们住的是音乐学院的宿舍,同楼层住的是上音教工造反派的头头,所以我们从不敢随意在家里唱歌,连说话都要防备隔墙有耳。对可铮来说,不让唱歌比不让吃饭还要难受。到郊外唱歌,没有钢琴,加上路途遥远,所以只能偶尔为之,不是长远之计。后来我们商量了个办法,就是偷偷跑到可铮表兄家去练唱。表兄霍宏暄是可铮在上海唯一的亲戚,住在愚园路岐山村。表弟兄俩感情非常深厚。但是,表兄的日子也不好过,被定为"历史反革命",可铮在表兄家练唱其实风险也很大。然而表兄和表嫂都很理解可铮要唱歌的心情,在他们的无私支持下,可铮在岐山村的朝北的亭子间里开始了一段神奇的歌唱经历。我们怕可铮的歌声传出去会招来不测,因此,在一间仅仅不到 6 平方米的斗室内,架起钢琴,然后紧闭门窗,并用棉被挡住窗门,这样声音就传不出去了。大伏天房间里的温度高达 40℃ 以上,可铮在房间里放了一大桶冷水,光着上身,只穿了条短裤,放开嗓子大声歌唱,汗水不停地流淌着,但音乐和歌唱带给可铮的快乐是无与伦比的,这间秘密的练歌房成为可铮的精神寄托之地。

那年,表兄的两个 10 多岁的儿子霍明、霍白也同样光着上身,穿了短裤,站在一旁听表叔唱歌,他俩崇敬和渴望学习

表兄霍宏暄、表嫂任永俭及儿子霍明、霍白一家

的目光,使可铮深深地感动。他拉着他俩教他们唱,教他们怎么用科学的美声方法来唱歌。虽然以后小弟兄俩学了别的专业,但在业余的演唱者中,他们都是出类拔萃的,这与他们的表叔在特殊时期教给他们的"童子功"是分不开的。可铮就是在这个亭子间里,以近乎"地下工作"的方式,恢复练习了许多首歌曲,为日后的再度辉煌作好了准备。

1973年4月,院里决定招收一批工农兵学员。当时的院领导与工宣队反复研究,觉得还是需要懂专业的老师参与招生,于是就派可铮去东北招生。工宣队领导对可铮说:"你还是受监督的对象,不许乱说乱动,我们只是用你的耳朵来挑选学生。"

到了东北,第一站是哈尔滨,在车站等待换车时,工宣队领队用粉笔在地上画了个圈,让可铮站在圈内等,说:"你不许跨出圈一步,否则对你不客气!"可铮只好老老实实地待在这个圈里。突然,他发现不远处地上也有一个用粉笔画的圈,圈内站着一个女人,可铮就问旁边的旅客,她为什么要站在圈内？旅客说:"她是一个小偷。"同时用疑惑的眼光看着可铮说:"你也是小偷吗？"可铮摇摇头,无话可说,但心里却感受到极大的侮辱。好在各种折磨使可铮学会了忍耐,他闭上眼睛,用背歌词的方法来打发这尴尬的时光。

这次东北招生,可铮认真面试了大批应试者,为上音声乐系招到很多条件好的学生,如罗魏、于连生、贾琦、沈思德、梁军等。

后来,我被派去奉贤"五七"干校劳动锻炼,我和彭雪琼分在一组,我们负责喂养 10 多头猪。在上海从可铮哥哥家寄养和领养过来的两个孩子温铮和兰兰只好由可铮带了。那时他要去上海郊区招生,就把两个孩子带在身边。他在招生考试时让两个孩子在学校操场上玩,吃完午饭,他在旁边的教室里用课桌拼起来,把小草席铺在课桌上,给孩子们盖上小毛巾被,让两个孩子睡午觉。

可铮在上海郊县招收工农兵学员,由于教育的断层,积压了许多有才华的知识青年。当时就招到许多有好嗓子、音乐感强的青年,如杨飞君、李莉莉、杨蔫、张缨、范志红等。可铮还特别提到一个考生,奚美娟,感到她特别有才华,后来被上海戏剧学院录取。奚美娟写的一篇文章中写道:"那天初试结束后回到县招待所宿舍,有人过来说,招待所里还住着上海音乐学院的招生老师,想让我们过去聊聊。于是,我们其中的几个人又被叫去和音乐学院的老师见面。记得其中一位是上海音乐学院声乐系的温可铮老师。温可铮老师让我们各自唱了一首歌,自己还用浑厚的男低音示范了几下,我记得他唱的是

《深深的海洋》。临走时他对我说，如果他们那里不录取就来考我们音乐学院吧。"

我在"五七"干校知道了可铮带孩子招生的情况后，就申请把两个孩子接到干校来。她俩在干校很快乐，有时跟我去喂猪，有时跟着马革顺爷爷放牛，马爷爷还让她俩骑在牛背上。有一次天还未亮，干校领导通知大家去田里捡麦穗，两个孩子也跟着去捡，结果大喇叭里还表扬她俩，她们高兴极了，即使蚊子咬得满手满脸都是红疙瘩，也要坚持待在干校。后来，等可铮结束招生工作后才把她俩接回家。

有一次，南京前线歌舞团歌唱队队长周化岭带领他们团的多位独唱演员到上海我们家里请可铮为他们上课。一位男中音演员正开口唱毛主席诗词歌曲《黄鹤楼》，突然听见隔壁那位造反派大声喊叫："你们在做什么？不许唱！"这时

在"五七"干校放牛的马革顺先生

大家都愣住了，周化岭立刻走去隔壁，轻叩房门。隔壁邻居开了房门，他一眼就认出穿着解放军军服的周化岭，立刻点头哈腰地说："噢，原来是你。"周化岭说："我带我们团的独唱演员到温老师家上课，你为什么大声叫喊，温老师已回到革命群众中来，你难道不知道吗？"刚才还趾高气昂的邻居见到解放军立马讨好地说："那你们请吧。"这时，另外几位独唱演员被气坏了，他们不甘示弱，一起走到他的房门口，说："你知道我们

在唱毛主席诗词的歌,你说我们在做什么?难道你不允许我们唱毛主席诗词歌曲?你在反对毛主席!"当时把他吓坏了!他一再求饶地说:"我错了,请大家回去继续唱吧。"

1973年5月的一个晚上,可铮的学生,上海合唱团男高音独唱演员张世明突然来到我们家,他一来就迫不及待地对可铮说:"温老师帮我听一下吧!下星期我们团要去北京汇报革命交响乐《智取威虎山》,团领导让我唱杨子荣。但是,我最近唱高音时总不太稳定,不知怎么回事。我很担心去北京演出时会出纰漏,请老师一定帮我指点指点。"可铮想了一下说:"我恐怕不能帮你。"张世明急忙说:"我已去学院了解过您的情况,他们说您没什么问题,我估计您很快就要解放回到革命群众中来了。"张世明接着又说:"您可以不坐在琴凳上给我上课,就听我怎么唱杨子荣的,然后告诉我为什么高音不稳定,用什么样的方法可以解决我的这个问题。"张世明说完张口就唱,可铮就认真仔细地指点着,两人忘了时间,更忘了当时的环境。得到指点并解决了困惑的张世明,完整唱完杨子荣的高难度唱段后,兴高采烈地走了。

谁知道第二天有人向合唱团里的工宣队揭发可铮在家指导学生唱样板戏。工宣队如获至宝,立刻向市里主管领导汇报了此事。《文汇报》发表了题为《无产阶级文艺战士拜倒在资产阶级反动学术权威脚下》的社论,一时不少文艺单位组织批斗会,轮番批斗可铮。

那天一早,来了一群戴红袖章的人,连推带搡地把可铮抓走了,我紧张得一天坐立不安,不知将会发生什么事?到傍晚可铮回家了,我惊喜地看着他,他居然冲我做了个滑稽的鬼脸,这只有在可铮情绪好的时候才会有这样的表现。我丈二的和尚摸不着头脑,急切地问他怎么回事。他把我拉进房间,把这一天发生的事原原本本叙述给我听。

"我发现主持这场批斗会的居然是我的学生唐长富,他脸虽然板着,但完全没有那种凶神恶煞的样子,我那提到嗓子眼的心,总算放下了许多。他们的批判明显温和了不少,我知道他们都是被迫的,我一点都不怨恨他们。有趣的是,批斗会一开始对我的定性还是'反革命''反动学术权威''向无产阶级反攻倒算'……可是批判到最后,对我的定性只是'资产阶级学术权威'了。也就是说,批判会开始时,我是'敌我矛盾',批判会结束时,我已经变成是'人民内部矛盾'了。对于今天的经历,我心里感到特别安慰,因为我的学生表面批判我,其实暗中都在保护我。"

我觉得可铮今天的表现,说明他在逆境中的耐受力有了巨大的提升。其次,可铮在莫须有的批判会上能够静心观察分析,不仅没有被打倒,反而从中总结出有价值的结论,也使我刮目相看。再有,可铮能体谅学生们的苦衷,没有怨恨他们,还从他们的语气当中体会到他们要尽自己所能保护老师的意愿,他是多么善解人意,多么豁达开朗。可铮的状况,使我一颗悬着的心彻底放下了。这时,我完全相信我们一定能够挺过任何艰难险阻和坎坷磨难。当然,我也和可铮一样,由衷感谢所有默默支持和帮助我们的亲爱的学生们。

三

1976年2月,上音在上海体育馆举行"反击右倾翻案风,歌唱无产阶级文化大革命就是好"音乐会。工宣队通知可铮参加大合唱，每天可铮唱完第一个节目大合唱，他就回家。第4天傍晚他没有回家，我把孩子哄睡了，担惊受怕地等待着，从晚上9点等到夜里12点多，头脑里又胡思乱想，怕他又出什么事。突然我听到有上楼的脚步声，就猛地从椅子上站起冲向房门，把门打开见到可铮，我情不自禁地扑上去，可铮拥抱着我并轻轻地拍着我的背说："没事，没事，进屋再说吧。"进房间后，他告诉我说："今天唱完合唱，我正准备回家，工宣队通知我音乐会结束后，有大领导要接见我，我就等着。音乐会结束我去贵宾室，徐景贤坐在中间，徐景贤问我：'你觉得文化大革命对你怎么样？'我说：'受教育很深。'徐景贤又问：'那张世明事件，我们对你的批判你觉得怎么样？'我说：'受教育很深。'徐景贤又说：'现在我们要反击右倾翻案风，要批判邓小平，北京大学有些教授已经行动起来贴出"批邓"的大字报，你是著名歌唱家，在上海文艺界有影响，你就带个头写"批邓"的大字报。'这时他们给了我一本《邓小平言论集》让我回去看，并要我尽快写出批判文章。"

第二天我们看后，觉得邓小平的话说得很对，没什么可批判的。这显然又是一场政治斗争，可我们要怎么过这个关？我们回家和我弟弟王达商量，又去可铮表兄家，和表兄霍宏暄、表嫂任永俭商量，大家都认为不能批邓小平，不能卷入另一场政治斗争中去，只有尽量拖延时间暂时不写。

就这样一直拖过春节，校党委办公室问为什么批判文章还没写？可铮说："我政治水平太差，我还在学习。"可铮感到一直拖下去已经不行了，于是我们商量决定，写一份批判可铮自己的大字报,题目是《我要改造一辈子》,把以前写检查的内容汇集起来,洋洋洒洒写了20多张纸的大字报,从头至尾批判自己,第二天早上把大字报贴在一进学校的大门口。随即有人向上汇报。徐景贤说:"温可铮不是我们的人,让他去江西,由上海慰问团监督改造。"可铮不久就被押送去江西井冈山劳动改造了。

可铮跟随"上海慰问团"去江西慰问上海在江西农村插队的知识青年。可铮是被监督劳动改造的,搬乐器、搬道具等杂活累活都叫他做,上台演出没有他的份。有一次在江西纺织厂,革命师生为纺织工人慰问演出,在演出中突然全厂断电,一片漆黑,扩音器也由于没有电而不起作用,偌大的厂房搭了一个舞台,没有扩音器怎么演唱呢?工宣队看见可铮在搬乐器,他们就叫可铮上台唱,他们说:"你嗓子大,没有扩音器也能唱。"可铮就上台演唱。当可铮洪亮的声音响起,台下几百只手电筒一起集中照着他,可铮唱完一曲,黑漆漆的台下顿时爆发出雷鸣般的掌声。当时在场目睹此事的,是陈钢教授的弟媳妇范美芬,她告诉我此事,她说:"只有温老师的声音能响彻这么大的厂房,我一辈子也不可能忘掉。"长久没有演唱机会的可铮,在这次演唱后也激动得一夜没睡着觉,想到自己还能歌唱,想到观众还是这样喜欢自己的演唱,可铮感动地流下热泪。

上海赴江西慰问团去瑞金、宁都等县城,慰问插队落户的知识青年,可铮也被押着同去。一次在宁都,工宣队押着可铮走上一个土台,说这是当年红军开会的地方,要可铮站在土台上,低头向人民"认罪"。可铮就这样一连站了几个小时。革命师生都坐卡车回井冈山了。团部决定让两位工宣队员押送可铮步行回井冈山，说是让可铮走走长征路接受思想改造。第二天快出发的早上，可铮突然生病，高烧40℃，口里说着胡话，工宣队员立刻向团部汇报，团部决定借一辆吉普车，让工宣队员押送可铮回井冈山。工宣队员很开心，因为他们也不想步行回井冈山，所以可铮在这个时候生病他们很高兴。

可铮回到井冈山后，一天清晨，他正准备扫院子，看见墙上贴着"打倒'四人帮'"的标语。这时工宣队负责人叫他进办公室问他："你在院子里看到什么了？"可铮说："那么大的字当然看到了。"那人说："你怎么想的？"可铮站着不出声，他怕工宣队讹诈他。那人又说："这是政治斗争，现在我们要留在井冈山打游击，你预备怎么办？"可铮不知道他说话的目的，但从表情上看他很紧张。那人又说："温可铮你回去考虑一下，是否跟我们上山打游击。"可铮后来对我说，当时真有些害怕回不了了家，你带着孩子怎么办？可是过了一天，可铮就跟着革命师生一起回到南昌，南昌的街头到处是欢庆的游行。

等可铮跟着慰问团的师生一起回到上海，看到上海的街头同样是欢庆的人潮，锣鼓声、鞭炮声震天，人们自发地走出家门，热烈庆祝打倒"四人帮"。

可铮回到家，我们紧紧拥抱在一起，眼泪随之从心底奔涌出来。"四人帮"被打倒了，十年浩劫结束了，我们从此再不用担惊受怕了。

对于"文革"里发生在可铮和我身上的这些磨难，我们曾经的领导、曾经的难友、敬爱的老院长谭抒真先生，是见证者之一。多年以后的1989年9月14日，谭抒真先生撰文如下：

温可铮的道路是坎坷的,有时甚至是灾难性的。每有运动必定挨整,是什么原因呢?是由于他是"外来户"受到"正统"老音专的排挤呢?是由于他的演唱才华出众而受到同行的妒忌呢?还是由于极左思潮的影响呢?我们只好意会而难以言传。到了"文化大革命",对温可铮的迫害达到了登峰造极令人发指的地步。我们同在"牛棚"相处数年,亲眼看见他被毒打几乎丧命。动手打人者当然可恨,而更可恨的是那些幕后指使和操纵的人。

即使是在最艰苦的时刻,温可铮对于光明的前途,对于自己的艺术生命从来没有丧失过信心,而是坚定不移地忠于自己的信念,忠于艺术,数十年如一日。他最大的愿望就是不断努力提高自己的艺术水平,而更好地为人民大众演唱。

谭抒真曾经与可铮互相照顾、互相勉励,是患难中的挚友。令人庆幸的是,他们都顽强地挺了过来。善良的人们应该相信,苦难是胜利的捷径,山路之后,就是大路。一切伟大事业的上面,都刻有苦难的印迹。

第五章 劫后新生

一

　　"文革"结束之前，可铮第一次公开露面是在上海文化广场纪念冼星海、聂耳的音乐会上演唱《码头工人歌》。很久未登上舞台演唱的可铮对那个场面记忆深刻："我刚一出场，突然，全场的观众都站起来鼓掌了。看到观众这样热烈地为我鼓掌，激动的泪水忍不住，喉头一阵阵发紧，哽噎着无法张口歌唱。观众就一直不停地拍手给我鼓劲，直到我平静下来。那个场面，我一直记得特别清楚。我很感谢这些没遗忘音乐、没遗忘音乐人的观众。我们真的把心交给观众，观众就会记住你！"

　　另一次，是"文革"刚结束不久，也是在上海文化广场举办的冼星海、聂耳作品音乐会上，可铮独唱《热血》《码头工人歌》。当节目主持人报"下一个节目，男低音独唱，演唱者温可铮"时，观众又一次全体起立，暴风雨般的掌声响彻整个文化广场。可铮从后台侧幕走出，看到这样热烈的场面，激动地一面往钢琴前走，一面流泪。现场的气氛同样令我激动万分。事后我们才知道，许多观众以为可铮在"文革"中被整死了。那些喜欢可铮演唱的广大观众，听到"演唱者温可铮"时，无不惊讶和激动，他们庆幸可铮又回到舞台，又能为大家歌唱了，热烈的掌声表达了观众的心声。

观众中的许多人是可铮忠实的"粉丝"，当他们听到可铮演唱时，惊奇地发现，在这10多年的磨难之下，可铮竟然没把歌唱事业荒废了！可铮曾说过："别人批斗我的时候，我就默默地背歌词，在心里默默地歌唱。"可铮还说："我不允许自己浪费时间，但是，不出声的练习，怎么练也不如正规的声乐训练来的好。10年不能正常练习，总有许多不尽如人意的地方，但观众的鼓励给了我急起直追的勇气和力量。"

寒冬终于过去，久违的春天盼到了，可铮又可以举办独唱音乐会了。"文革"期间，他不能正常练唱，尽管他曾利用一切机会，创造各种条件，偷着练，甚至无声地练，从而基本保持了他"文革"前的歌唱能力和水平，但可铮绝不甘心于"还能唱"的低标准，他时时刻刻都不忘他的初心，那就是一定要成为世界一流的男低音歌唱家！为此，他豁出去了，全身心地投入恢复和提高的训练之中。他给自己制定了严格的作息制度，除了练声，就是背谱、背词儿，他发誓要把10年浪费的时间尽快补回来。

1978年10月，我陪可铮去南京艺术学院音乐厅举办独唱

1978年10月,在南京艺术学院音乐厅举办个人独唱音乐会,吴贻芳(左4)、黄友葵(左7)出席

音乐会,不同的节目演唱了两场。还没开始售票,售票处外面就已排了很长的购票队伍。热情的观众为了抢票,把售票亭的玻璃窗都挤碎了。在观众的强烈要求下,艺术学院声乐系主任黄友葵教授不得不请可铮加演一场。音乐会结束后,可铮还受邀在艺术学院和南京师范大学音乐系讲学,教室里也是一座难求,不少学生是站着听课的。

1979年8月,可铮准备了85首不同时代、不同风格的中外曲目,在北京首都剧场、政协礼堂举办了4场独唱音乐会,在北京音乐界引起轰动。他们对可铮能唱85首歌感到不可思议,这正是可铮在"牛棚"里天天心里默想、默唱的结果。

1979年11月,可铮应邀参加全国第四届文学艺术工作者代表大会,并作为出席代表参加文代会闭幕诗歌朗诵会,作为独唱演员及出席代表,受到党和国家领导人接见并合影留念。

1979年，"哈尔滨之夏"音乐会再次邀请可铮和我去举办独唱音乐会。我们到了哈尔滨，听说陈沂部长住在所谓的"黑帮大院"，可铮便说我们去看看他，并请他听音乐会。我们去了"黑帮大院"，见陈部长坐在一个小木椅上，地上全是土，他和邻居在聊天。看到我和可铮，他猛地站起来，带我们进屋。他说："你们看我这屋里，地上放了许多大大小小的盆，这是用来接雨水的。下雨时外面下大雨，里面就要下小雨了。屋里什么家具都没有，我只有一件好东西，就是一台彩色电视，这是马楠在'文化大革命'中扣的工资，现在补发，我们全家开会决定买的。我真没想到你们两位来看我，还请我去听音乐会，实话告诉你们，我的问题很快就要解决了。"

　　很快，陈沂从哈尔滨调到上海任上海市委副书记兼宣传部长。他一到上海见到贺绿汀院长就问："你们学院里有一位温可铮教授吗？请你告诉他陈沂到上海了，请他来见我。"贺院长把此事告诉可铮，可铮回到家对我说："陈沂来上海任领导了，他困难时我会去看望他，现在他是市领导，我就不去打扰他了。"可铮就是这样一个人，他喜欢纯洁的友谊，不愿意利用关系谋求功利。

　　后来，陈部长打了两次电话，我跟可铮说应该去看他，不然我们太没有礼貌了。于是我们去了康平路陈部长家。一进门，陈部长就说："温可铮，你怎么到今天才来看我，我了解你的人品，我和你不是干群关系，我和你是患难之交啊！"不久陈部长和马楠到我们家来，陈部长问："你有什么需要吗？"可铮说："我只要你多给我上舞台演唱的机会，其他什么都不需要。"

20 世纪 70 年代演唱

每次演出都会受到观众的热烈欢迎

1979年10月,参加第四届中国文学艺术工作者代表大会

文代会上的相聚
前排：夏梦、邓颖超、白杨
后排：温可铮、王铁成、张瑞芳、李光羲、秦怡、朱琳、孙道临

1981 年,美国旧金山歌剧院邀请声乐系去一位男低音学习和演唱歌剧。可铮知道此事很想去学习,但声乐系决定派张光华去。为了争取学习机会,可铮去找了陈沂部长,陈部长向上音了解有关此事的情况后,告诉可铮此事已定,张光华立刻就要去美国。陈部长对可铮说:"你另有任务,上海要派一个音乐家代表团去日本大阪演出交流,任命你当团长,团员有饶余鉴、刘若娥、靳小才、姚志军等。"上海音乐家代表团将赴日本西部的大阪、京都等 6 个城市举行巡回演唱会。

在踏上日本国土时,我国的电视正在播放华国锋辞去党中央主席的事,可铮他们一行都不知道此事。晚上大阪市设宴欢迎全体代表成员,中国大使馆总领事也参加。宴会开始,可铮以团长身份致答辞表示感谢,当他刚举杯准备说话时,《朝日新闻》的记者手拿酒杯走过来说:"温先生我有话要问您,请您回答。"可铮曾告诉我,当时他很紧张,不知道记者要问什么。记者说:"请问华国锋主席辞去党中央主席,对中国意味着什么?"可铮心中一惊,因他不知道有这回事,当时他发现坐在他一旁的总领事也紧张地看着可铮,他大概怕可铮说错话。可铮立刻定下心来很有大将风度和自信地回答:"在我国任何一位国家领导人的上上下下都是为了更好地实现社会主义,所以华国锋主席今天辞去党中央主席也不例外,还是为了更好地实现社会主义。"可铮感觉总领事在旁松了口气,脸上充满笑意。可铮再要举杯,那位记者又追问:"温先生,我还有个问题请您回答,贵国最近在批评一位名作家白桦,您怎么看这件事?"可铮回答说:"我国在文艺方面一直贯彻'百花齐

1981年6月,可铮在大阪市欢迎会上致辞

1981年6月,在日本巡回演出

放,百家争鸣'的政策。白桦先生最近写了一部电影《苦恋》,受到了批评,但你知不知道他最近还写了一首诗叫《春潮在望》受到了表扬。我国的文学艺术就是通过批评与表扬来不断提高水平的。"可铮说完立刻举杯感谢大阪市及文艺界对他们的热烈欢迎及接待,并为中日友好干杯。之后中国总领事对可铮说:"你没来以前听说你政治水平不高,我们为了不出差错,所以安排一位副领事跟着你。今天你在宴会上的表现,说明你政治水平很高,反应灵敏,口才好,应对能力强,你可以和中央音乐学院院长赵渢媲美。"这次大阪的演出受到极大欢迎,尤其对可铮的演唱好评如潮,大阪广播电台及报纸都赞誉可铮是"夏里亚宾(世界男低音歌王)再现""训练有素的意大利美声唱法""显示了世界第一流歌唱家的威力"。可铮为祖国争了光。

由于可铮一行在日本西部6个城市巡回演唱会获得巨大成功,大阪声乐界发起了一个有关声乐问题的恳谈会。日方有10位教授参加;可铮和团员们一起参加,他们推可铮坐在前排第一位。有一位日本教授问:"温教授,我听说您曾说过一句大话,您说若干年后中国声乐水平要超过日本。"可铮回答说:"对,我说过此话。"日本教授问:"你凭什么这样说?"可铮说:"为什么我要这样说,你们应该了解,中国是个地大物博的大国,人口又多,人多人才就多,挑选人才的机会和条件也就多了。你们日本是个岛国,人口要比中国少太多了。这是事实,也就是我们常说的物质条件,中国的物质条件要比日本高出很多倍,这是一个很重要的方面。另一个方面,就是每个人的声音是天生的,但一位歌者除了天生的声音条件外,对音乐的感觉、音准节奏、文化的修养也很重要，你们知道中国是一个有五千年历史的文化大国吗？"

可铮接着说："对一位歌唱家来说，最重要的是歌唱的语言，用不同的语言也就是歌词来表达一首歌的内容。从语言来说，你们日本男人为了表现大男子汉的气概，说起话来把声音压在喉咙里，并用力地说。而日本女士说话轻声柔和，所以日本出了唱得很好的女高音。中国人说以北京话为标准的语言，语音发声是从口腔直接发出来，声音平稳且明亮。意大利人的语言是从头腔发出来，头声很多，所以学习意大利美声唱法，首先要学习用意大利语演唱意大利古典歌曲。举例说来，你们日本人是在地下室说话，中国人是在 1 层楼说话，意大利人是在 2 层楼说话，有时还开个小天窗。所以你们要从地下室走到 1 层楼再走到 2 层楼，而我们中国人只要从 1 层楼走到 2 层楼，比你们方便，也比你们快多了容易多了。"

可铮一面说一面示范，他用日语来学日本男人及日本女人说话的声音，又用标准的汉语示范中国人说话的部位，然后他用意大利语说话，用头的高部位来示范。最后他总结说："由于语音发声的不同，中国人学习意大利美声唱法就比日本人容易。还有一个最关键的问题，就是中国人多人才多。所以我说在不久的将来中国人演唱意大利美声唱法的水平要超过日本，就像中国的乒乓球及女子排球一样要超过日本。"可铮又说又带示范的发声来说明问题，使日本的 10 名声乐教授从心底里敬佩，其中有两位教授都成了可铮的好朋友。

"文革"结束，可铮的声乐艺术焕发了新的青春，他应邀为《苦恼人的笑》《攻关》《革命军中马前卒》《大渡河》等多部

1978 年 9 月,在上海音乐厅举办独唱音乐会,指挥曹鹏

1982 年 11 月,在西双版纳为少数民族演唱

20 世纪 80 年代演唱会

影片演唱主题歌,同时举办了大量的音乐会。

1978 年 4 月,在上海音乐学院举办(内部交流观摩)独唱音乐会。钢琴伴奏王述。

1978 年 5 月,在上海音乐学院举办独唱音乐会。钢琴伴奏鲍贤珍。

1978 年 9 月,在上海音乐厅举办独唱音乐会。钢琴伴奏王述。

1978 年 10 月,在南京艺术学院音乐厅举办独唱音乐会共 3 场。钢琴伴奏王述。

1979 年 1 月,在北京中央音乐学院大礼堂举办独唱音乐会。钢琴伴奏王述。

1979 年 8 月,在北京首都剧场、政协礼堂等举办 4 场独唱音乐会。钢琴伴奏王述。

1979 年 11 月,在庆祝第四次文代会闭幕诗歌朗诵会上演唱。钢琴伴奏王述。

1981 年 6 月,率上海音乐家代表团赴日本西部 6 城市举办巡回演唱会。钢琴伴奏姚志军。

1981 年 8 月,在延边朝鲜族自治州举办独唱音乐会。钢琴伴奏王述。

1981 年 8 月,在青岛工人文化宫举办独唱会及讲座,接着去山东淄博人民剧场、淄博青年剧场及工厂为工人慰问演出。钢琴伴奏王述。

1982 年 7 月,在第十届哈尔滨之夏音乐节举办独唱音乐会。钢琴伴奏王述。

1982 年 11 月,在昆明举办中国艺术歌曲专场独唱音乐会。钢琴伴奏王述。

1982 年 11 月,在云南、思茅及西双版纳傣族自治州举办 3 场独唱音乐会。钢琴伴奏王述。

1982 年 11 月,在武汉琴台音乐周举办独唱音乐会。钢琴伴奏王述。

1982 年 12 月,在上海音乐厅举办外国歌剧咏叹调专场独唱音乐会。钢琴伴奏王述。

1983 年 8 月 20 日,在北京中央人民广播电台小礼堂举办中国声乐作品专场独唱音乐会。钢琴伴奏王述。

可铮频繁地举办独唱音乐会和参加其他演唱活动,说明可铮用他的决心和毅力,刻苦用功,顽强努力,真的要把 10 年的损失和浪费的时间夺回来。

二

同行相妒是社会上常有的现象,但在沈湘教授和可铮之间却是同行相知,惺惺相惜。声乐界一直有"南温北沈"一说。

沈湘教授曾撰文:"我和温可铮于 1945 年初识,至今已四十五了。这四十年来,在一起的时间并不多,但我们之间的感情是很深的。我喜欢他,我想他也喜欢我,可能这就是我

声乐教育家沈湘

们之间的凝聚力所在。"

每年寒暑假，或演出，或开会去北京，除探望父母外，可铮迫不及待的就是去看沈湘教授。两人一见面，便会如数家珍般的跟对方说又淘到了什么名家唱的唱片。两人一起分析演唱家的演唱方法、演唱特点，并结合教学谈感受，探讨教学的改进。接着沈湘教授会跟可铮说："最近练了什么新歌，唱给我听。"可铮便张口就唱。沈教授还会问："最近演唱上有什么体会？"然后两人再进一步探讨，直到天也黑了，肚子也饿了，才罢休。

记得一次暑假在北京，可铮刚起床就说："述，今天去沈湘家。"吃完早餐，我们就沿石碑胡同走向长安街，半道看到一个厕所，可铮叫我在门口等一下。北京当时的公共厕所两旁都有出口。我就站在左边的出口等。突然，我听到厕所里传出响亮的大笑声，原来沈湘教授也在厕所里，两人碰到了。而沈湘教授的夫人李晋玮老师是在厕所的右边的出口等沈湘教授，他们原来是准备到我们家来的。真是心有灵犀一点通啊！

那天我很高兴，特地去东单菜市场买菜，发现有卖鲥鱼的，就买了一条回来，准备中午给他们清蒸鲥鱼。谁知当我准备去蒸鲥鱼时，发现这条鲥鱼上的鳞片被全部刮掉了，原来北京人从不知道南方的鲥鱼是连着鳞片一起清蒸的，可铮的家人也不知道，把最好吃的鳞片全刮掉了。沈、李两位哈哈大笑，我也哭笑不得，在南方人王述手里吃到了一条刮掉鳞片的大鲥鱼！

1975 年到 1976 年，沈湘教授在杭州养病及躲避地震，他也常来上海到上海音乐学院讲学，但他每次来上海就住在我们只有一间房的家中，我们给他靠窗铺了个床。晚上他和可铮就谈演唱，谈教学，从晚餐后一直谈到午夜一两点。然后两位胖子的呼噜声彼此响起，我就瞪着眼看着天花板，耳边听着一位男高音一位男低音的"呼噜二重唱"，一直到天亮。

沈湘教授告诉他的每位学生到上海来，都要去拜见可铮，要唱给可铮听，向可铮请教，他说温可铮的肚子里有货，对声乐演唱及教学可有本事了。

上海举行三军歌唱家音乐会，程志到上海对撰稿人李定国说："沈湘先生（程志的老师）托我捎点东西给温可铮先生，另外是否能在音乐会前，请温先生给我参演的作品把把脉？"

第二天下午，李定国带程志来拜访可铮。在练声开嗓后，我用钢琴伴奏，程志演唱了《走上高高的兴安岭》《打靶归来》和西班牙民歌《格拉纳达》等作品，每曲歌毕，可铮总有一番点评。可铮对程志的评价很高，无论是气息应用、声音技巧处理，还是歌曲表达，都相当完美和严谨，唯一不足的是对高音的控制上，放有余，收还略显不足，尤其是表现在《格拉纳达》的演唱上。那天的"火线补课"一直持续到夕阳西下。首场音乐会程志的压轴曲目就是《格拉纳达》。程志说："我在温先生指导后的感觉是收效明显。"多年后程志对李定国说："当年温先生的那堂课，深刻影响了我以后的歌唱理念。"

上音有位学生叫赵丽，她是朝鲜族人，嗓音条件很好，又有乐感。遗憾的是，在上音期间，由于发声方法没学好，所以每次寒暑假回北京家中，父亲请她唱首歌，她总说嗓子不舒服，不能唱。父亲就托人介绍她找沈湘教授求教。沈湘知道她是上音的学生后，便对赵丽说，我给你写一封信给上音的温可铮教授,他不但可以解决你演唱方法上的问题,还能帮助你成为一名优秀的学生。从这以后,赵丽就到可铮的班上学习,毕业时成功举办了一场独唱音乐会,还考上了英国皇家音乐学院声乐专业。

参加赵丽的独唱音乐会

后来,当可铮有机会第二次去美国康奈尔大学讲学之前,回北京见到沈湘教授,沈教授正准备去芬兰讲学。

沈教授说:"可铮,等我们回国后,我们俩开办一所声乐学校,好吗?"可铮说:"好啊,当然好!"沈老师说:"你说叫温可铮、沈湘声乐学校,还是叫沈湘、温可铮声乐学校?"可铮说:"你是我的前辈,又是我的师兄,当然叫沈湘、温可铮声乐学校。"二人大笑地击掌决定。

遗憾的是,我们在纽约时,听到沈湘教授在北京逝世的消息,可铮长久地沉浸在哀伤中,不停地流泪。

三

1979 年,美籍华裔著名男低音歌唱家斯义桂在夫人钢琴家李蕙芳的陪伴下,来上海音乐学院声乐系开专家大师班,教学时间是半年。学院安排他们住锦江饭店。斯老师在第二天听到电台正在放中国歌唱家唱的外国古典歌曲。当他听到一位男低音演唱舒伯特的《魔王》时,他特别认真地听着。等歌曲唱完,他即刻说:"这位男低音唱得好,这位歌唱家是谁?"接待他的人说:"这是上海音乐学院的温可铮唱的。"斯老师就把"温可铮"3 个字记在脑海中。

斯义桂教授到上海来上大师班的第一天,在小礼堂和全系老师见面,他问负责接待的主管:"温可铮今天怎么没有见到?"这位主管回答说:"温可铮没有来,也许他不买你的账,不想听你的课吧。"其实温可铮那时正在西南的大渡河,体验红军长征的生活,为电影《大渡河》配唱主题歌。等可铮完成任务后,就急忙赶回上海听斯老师上课。他每天早早地到教室,认真地听课。当系委会决定安排青年教师报名跟斯老师上课,所有钢琴伴奏老师跟李蕙芳老师学习时,可铮第一个报名,不久可铮声音的进步、改变,很快就达到斯老师的要求。斯老师每次给 3~4 首歌曲,他在下一堂课,就能视谱唱了,再下一堂课他就背着唱了。

有一次,斯老师过生日,系里准备了冷餐会,庆祝斯老师的生日。餐会结束时,斯老师对可铮说:"你今天晚上能来锦江饭店吗?"晚上我们在老大昌买了一盒奶油蛋糕,去看望斯老师。一进门,斯老师就说:"我心中一直有个疑问,你不是不买我账吗？我到声乐系上课两个星期后，你才来听课。我特别注意你，你每天总是最早到，坐在第一排，你专心听课、记笔记。我有意给你难度高、曲目多的歌，我想你不可能很快地回课，但是我发觉你不是不买我账，而是特别专心、用功、珍惜这个学习机会，这究竟是怎么回事？"可铮一听不明就里，急着说："斯老师我从来没有不买你账，我一直崇敬你的，那时我从北京来南京投考南京国立音乐学院前，就听说你要去任教，我从北方来就是想投考你班上，跟你学声乐，很遗憾那时你去了美国。这次能跟你上课学习，是我最高兴、最幸福的事。"斯老师说："那为什么我一到声乐系上课，你不来听课？有位主管说你不买我账！"可铮说："他是胡说八道，他为什么要胡说，我不知道他有何意。那时我不在上海，我是有任务，要为电影《大渡河》配唱主题歌，领导要我和一批演电影的演员一起去大渡河体验生活。"斯老师高兴地说："哦，原来是这样，那我一切都明白了。"

1980年，意大利声乐大师基诺·贝基来中国讲学，他先在北京中央乐团合唱团讲学。可铮和声乐系少数老师自费赴京听课，听课的每一天可铮都是很早到，坐在第一排，手记笔记，专心致志地听课。有一天，有一位学员感冒了，不能上课，中央乐团负责专家工作的工作人员（她是可铮南京国立音乐院的同班同学）问可铮愿不愿意来上课，可铮高兴地说："太想上课了。"记得当时有两位老师劝可铮不要上课，他们说："你已经唱得全国有名，假如你在贝基专家面前唱，他若指出你的缺点或否定你的演唱，那你就太没有颜面了。"可铮知道两位老师对他爱护的好心，可是可铮对自己的演唱是有信心

20 世纪 80 年代,与尚家骧(左 1)、郭淑珍(左 2)、沈湘(左 4)和意大利
声乐专家基诺·贝基在北京

和意大利声乐专家基诺·贝基在上海

的,更重要的是要向专家学习。过去一直没有机会出国学习,现在世界著名的声乐大师来到了身边,绝不能放弃学习的机会。他若指出缺点,那我就改正,声乐技术和演唱就要做到一丝不苟、精益求精,达到最完美的地步,学无止境啊!不论年龄多大,能学其所不知者绝非耻辱。那天可铮站在贝基前,唱了威尔第的歌剧《唐·卡洛》里的《菲列普的咏叹调》。可铮唱完,贝基专家非常高兴,他夸奖可铮唱得好,但他说:"现在世界声乐潮流,有一个不好的现象,就是唱到高音声音要大,由于要求音量大而产生声音摇晃,你也受到这影响,要更注意气息的支持,使声音不要摇晃。"接着专家就教可铮怎样唱,他自己还示范,可铮当场也学得很快,得到专家的肯定。可是不久上音声系就传言贝基专家全盘否定了温可铮的演唱,可铮听说后,只淡淡一笑而已,每天继续专心练习研究,准备下次有机会再唱给贝基专家听。

第二年,基诺·贝基来上海音乐学院上课。汽车驶进校门一直到达大礼堂门口,院领导和声乐系全体教师都站立欢迎。贝基走下汽车,音乐学院院长和系主任一个个上前和贝基握手,表示热烈欢迎。贝基突然看到可铮站在教师欢迎的行列中,他立刻走到可铮面前和可铮握手,并说:"啊!老朋友,你好。"可铮激动地用双手握着他的手说:"您好,您好。"这时,系主任请贝基先生去小礼堂(贵宾室)休息,同时向专家介绍声乐系每一位教师。大家走进小礼堂坐定,系主任介绍声乐系的情况,接着介绍每一位教师。这次专家的意大利语翻译是一位从北京带来的年轻人,他每次翻译都如实地直译专家所说的每句话,非常正直敬业。当介绍到可铮时,专家说:"这位是我的老朋友,我们在北京就已认识,而且我还记得他的声音。"介绍结束,大家都去大礼堂按自己所买的听课座位坐下,大礼堂已座无虚席。可铮坐在中间靠左侧走道第三排第一个座位上。基诺·贝基专家走进大礼堂,全国各院校及音乐团体来听课的声乐教师及演员站起来热烈鼓掌,欢迎大师来讲课。贝基走到中间,他看到第三排第一个座位上热烈鼓掌的可铮,立刻走向前拥抱可铮,并说:"我的老朋友。"贝基大师开始上课,学生都是系里安排的。可铮每天认真听课并记笔记,回家就练唱,琢磨体会大师所讲的每一句话。他还跟系里要求是否能再有时间,安排跟专家上一次课。有一天,专家在上午安排4位学生上课,但这一天有一位学生生病了,系主任就宣布散会,这时有许多人就向外走去。贝基一看此情形就说:"我还没有下课呢!"系主任说:"那位学生病了,不能来上课,请你休息吧。"贝基说:"我还应该上一节课。"他看着可铮说:"那就请他来上课吧。"这正是可铮盼望已久的,希望大师再检验他一年努力的成果。这时向外走的人就喊道:"快回来,温可铮要上课了。"许多人又跑回大礼堂听可铮上课。

那天可铮唱了3首歌,一首是用意大利语演唱歌剧《唐璜》中的《列普莱罗的咏叹调》,另一首是用意大利语演唱的威尔第的歌剧《唐·卡洛》中的《菲列普的咏叹调》,还有一首是用意大利语演唱的歌剧咏叹调《萨瓦尔多-戈梅斯》。当可铮闭上眼唱完最后一句,他睁开双眼即刻看见一个竖起的大拇指在他眼前。贝基大师说:"你唱得太好了,上次在北京我给你提的缺点你都改正了,高音很漂亮,也不摇晃了。你唱的第3首咏叹调是从哪里学的?"可铮回答:"乐谱是一位日本歌唱家送给我的,但我一直没有找到任何歌唱家演唱这首歌的录音磁带,我就按照谱子上每一个表情符号自己练习。"贝基大师说:"这首歌是一首男低音比较难唱的歌曲,但今天你演唱这首咏叹调,在吐字发音、风格处理上都达到了要求,唱得非常完美,无可挑剔。"贝基大师叫可铮站在他身边并说:"温可铮你唱一下哼鸣'姆'。"可铮就唱了。贝基大师说:"你们大家听他唱的这个哼鸣,声音部位高,都在头腔发出来,喉部松弛,音色圆润优美,唱得太好了,你们要跟他学啊。"可铮没想到贝基大师对他有这样高的评价,更坚定了自己的艺术追求。

第
六
章　
唱
响
世
界

一

　　1981 年，美籍华人科学家、美国康奈尔大学分子生物学
与遗传学教授吴瑞博士第一次回中国讲学及考察。他一回到
国内就打听温可铮，到上海后有人对他说，温可铮在"文革"
中被打死了，他听后悲伤地痛哭了一场。

　　1983 年，他和他母亲严彩韵一起回国探亲及讲学。严彩
韵 1921 年毕业于南京金陵女子大学，又是纽约医学界著名的
营养大师。他们先去了南京，拜见了吴贻芳（当时她担任江苏
省教育厅厅长）。随后去北京，最后来上海。一天我收到一份
金陵女大校友会的简讯，其中报道了严彩韵偕儿子吴瑞拜访
吴贻芳校长及访问前金陵女大，现是南京师范大学的校园。
当我看到此条信息，立刻问可铮："吴瑞是不是你常提到的中

学时期最好的那位同学?"他说:"是啊,你怎么突然会提到他?"我立刻给他看那份金陵女院校友会简讯中的那段报道。我说:"他现在正在上海科学院生物细胞研究所访问,我弟弟王达就在生物细胞研究所工作,我去问一下弟弟王达他还在不。"我给王达打电话问及此事,王达说:"吴瑞教授正在参观了解我们所的实验室,我立刻去告诉他。"王达去实验室见到吴瑞说:"你认识温可铮吗?"吴瑞说:"我当然认识他,前年回国我就找他,有人告诉我,'文革'中他被打死了。"王达立即说:"他还活着,他是我姐夫。"吴瑞说:"请立刻带我去见他。"吴瑞到了我们家见到可铮,两人热烈地拥抱,互相拍着对方的肩膀,泪如泉涌。

在上海与吴瑞久别重逢

当两人激动的情绪稍许平复后,他们双手紧握齐坐在沙发上,叙说离别之情及多少年来各人的学习工作情况。吴瑞说:"你知道我多么想念我们在中学时一起唱歌的快乐日子,当时还有姚学吾、韩德扬。你现在能唱给我听吗?"可铮说:

"我们在一起唱合唱,我独唱时你们为我鼓掌叫好,这一切使我永远不能忘记,我们少年、青年时期的友情也使我永记在心。你有时还为我弹钢琴伴奏,你现在想听我唱,也如同我想唱给你听一样地迫切,你听听我唱的和青年时代有什么不同,是否长进了?"可铮一口气唱了几首歌,有歌剧咏叹调、德国艺术歌曲、俄罗斯浪漫曲、中国民歌及艺术歌曲。吴瑞眼中含着泪,激动地听可铮唱完,他站起来说:"你实现了你的诺言及理想,你已经成为一位伟大的男低音歌唱家了。你为什么不到国外去演唱,你出国演唱是中国的骄傲和荣耀啊!"可铮说:"每次政治运动,我都是'运动员',音乐学院有任何出国演出任务都不会让我去。"吴瑞说:"我回国后也了解一些人才生存的情况,我设立了'吴瑞研究生奖学金',每年赞助一名中国科学人员赴美留学当研究生。我还开创了'中美生物化学联合招生项目'(CUSBEA),挑选全国在该领域中已很有成就的人才,在美国学习进修,让他们回国后在生化领域中发挥更大的作用。可铮你一定要出国,一是向国外展示中国也有伟大出色的男低音歌唱家;二是弘扬中国民族文化;三是你又可以学习国外的优秀声乐艺术,提高声乐艺术的眼界及境界,回国后更好地为声乐事业作贡献。请把你的歌唱录音及简历、节目单给我,我要带回到美国,向康奈尔大学音乐系推荐你。"

1983年,康奈尔大学音乐系和东方文学系发来邀请信,信中明确指定邀请温可铮教授偕夫人王逑女士于1984年2月到康奈尔大学音乐系举办大师班讲学。可铮收到邀请信后非常高兴,他立刻把信交给桑桐院长,桑院长让院外办负责此事,当时是钱景凑老师经办。她把邀请信交给当时负责外事的副院长。副院长看后说："这是很好的事，出国可以学习到很多东西。"她就签名同意上报。钱老师告诉我们，此事已上报文化部，耐心等待吧！可铮立刻准备讲课的材料。他准备了5个专题讲座，分别是："中国音乐发展简史""中国民歌及艺术歌曲""意大利美声唱法与唱中国歌曲吐字的结合""敦煌与唐代音乐""声乐发声法杂谈"。又准备了2场不同曲目的独唱音乐会。可铮除了教学，全部时间都花在赴美讲学及独唱会的准备工作中。4月又接到美国华美协进社邀请可铮在纪念中美通商200周年闭幕式上，担任30分钟的独唱邀请信。时间安排在1984年2月，可铮也非常高兴地接受了邀请，并向院外办汇报此事。

日子过得很快，去美国讲学的日子也愈来愈近，可是文化部一直没有消息。美国不断打电话或发急件来问，康奈尔大学又通知我们，飞机票已寄往上海美国泛美航空公司驻上海办事处。可是没有护照和签证是不能取飞机票的。我们心里着急，我去外办找钱景凑老师。外办说她生病住院了，我又赶往医院看望钱老师。我把情况告诉她，她说："批件送去文化部时间很久了，批准或不批准都应该知道了。我向医生请假，你陪我去学院外办，我问一下情况。"我们一起去院外办，我在外面等着。等钱老师出来，她很生气地把情况告诉我。原来文化部批准的批文早就寄给学校外办，因钱老师生病住院，另一位青年工作人员看到批件后，向负责外事的副院长汇报。副院长说不知道此事，让他也别管了，所以这个批文就放在一边没去管它。

钱老师拿了批文到院长办公室，当时桑院长正在主持开会。钱老师汇报此事，桑院长说："今天主管副院长没来开会，你就在这儿给她打电话。"钱老师立刻打电话，电话中钱老师说了在什么时候、什么地点，怎么给她看邀请信，她签了"同意"两字，这样才寄去文化部请批，怎么可以说不知道此事？副院长不签"同意"两个字谁敢私自办理。这位副院长这才说："噢！我想起来了，那你们就去办吧。"据后来有懂行的朋友分析，国内当时情况，夫妻俩一起被邀请出国是很难批准的，主管副院长可能也是这样想的，与其在她这里卡住，不如让上面卡住，所以她当时很快就签字同意，这不仅表现了自己的大度，又表现了她对系内老师出国讲学及学习的支持。但没想到文化部批准了，这时经手办理此事的钱老师正生病住院，正好借这机会把文化部批文放在一旁，等错过时间，我们也就不能去了，责任她也可以不承担。庆幸的是钱老师是一位正直、对工作敬业的人，她向桑院长汇报后，桑院长说："立刻抓紧时间办好此事。"这样外办才努力去办。当我拿到美国领事馆签证的护照后，我立刻去静安宾馆美国泛美航空公司驻上海办事处领取机票。办事处工作人员说："怎么这么晚才来拿机票，你看清楚明天上午10点30分起飞。"我不停地抱歉说："美国领事馆的签证刚拿到，所以晚了。"我拿到机票走出静安宾馆突然想起，我们还没有美元，这时我又到医院找钱老师，她一听此情况，又向医生请假，陪我去外滩中国银行换美元。中国银行工作人员说："他们两位是文化部批的，美元要到北京去换。"钱老师一再说："他们明天上午的飞机，已经没有时间去北京了，请你们帮个忙吧。"工作人员说："这个忙我们想帮也帮不了，这是制度规定。"钱老师和我走出中国银行，我是垂头丧气，不知怎么办好。钱老师说："王述，不要丧气，走！回学院去，向外办借。"这样我们俩回到音乐学院。外办说："制度规定是不能换美元的，但时间太紧，那就一人借10美元，回来要还给外办的。"

毕竟是两人第一次单独一起出国，时间又是如此紧张，我和可铮那天晚上几乎都没有睡觉，整理讲课材料、乐谱，送朋友的礼物，演出服及个人日常用品，林林总总，装箱后已近天亮。

经过2个多小时的行程，飞机抵达东京，再换飞机去纽约。可惜天公太不作美，东京遇到特大暴风雪，所有的航班全部停飞，成田机场大厅里人山人海。我们好不容易找到了2个座位坐下，耐心等候。我们看到机场工作人员爬上飞机，打扫机身上厚厚的积雪。可是雪愈下愈大，没有办法，只有等待。一直等了快9个小时，没有吃没有喝。我们看到许多旅客坐在餐厅里吃饭，有的坐在咖啡厅喝咖啡，我想我还是去买一瓶饮料吧，可一看价格，感到日本的东西太贵了，我们只有20美元，如因暴风雪飞机误点，我们到纽约如果没人来接，那这20美元就需备打出租车之用，所以我们不敢随便动用这20美元。我记得那天我开玩笑似的对可铮说："没想到中国著名的大歌唱家出国连一瓶饮料都不敢买，兜里只有20美元，还不敢用，又渴又饿，真是惨啊！"可铮笑着说："这算什么，我们经历了那么多风风雨雨，当牛鬼蛇神，什么苦没尝过，这只能算是小菜一碟！"可铮的自嘲自笑，使我欣慰，也使我对既往的辛酸回忆涌入胸怀。

过了17个小时，泛美航空公司工作人员来发三明治及饮料,并不停地道歉。他们不会想到,我们因不敢用这20美元,又饿又渴地等了17个小时。我们不愿说,不能丢中国人的脸,即使说了他们也不能理解,为什么中国访问学者口袋里只有20美元啊!这时机场积雪清扫完毕,雪也停了,飞机终于可以起飞了。

到纽约肯尼迪机场,我们推着行李车,随着一群旅客走出来时,很远就看到有两位年轻人高举着用英文写的"欢迎温可铮教授"的牌子,他们是来迎接我们的。到了纽约市内,他们安排我们俩住在曼哈顿一位美国医生的家里,他的夫人是在美国出生的中国人,我们称呼她为艾丽斯。她非常热情地招待我们,怕我们吃不惯美国食品,特意去中国城为我们买了中国食品。她知道我们这次的旅途太辛苦了,所以她要我们吃好休息好,因为再过4天,纪念中美通商200周年的音乐会就要在美国纽约历史协会(New York Historical Society)的演出大厅举行了。由于这次旅途中的辛苦,加上时差,我们感到特别累。但是我们想到出国是多么不容易,这次能借纪念中美通商200周年之际,在美国举办独唱音乐会,展现中国男低音的风采,实在太难得了。所以可铮和我都十分珍惜这次机会。他对我说:"这次独唱会上我们一定要争气,我们要唱出中国人的志气。中国人用意大利美声方法来演唱外国歌剧、外国艺术歌曲,及美国黑人民歌和灵歌,我们不但要唱得好,还要比外国人唱得更好。要克服疲劳、时差的不习惯,一定要唱出水平,一定要打个大胜仗。"我们每天除了休息,就是去纽约华美协进社(China Institute, 1926年成立,由胡适创办)排练,对自己严格要求,绝不放松。那天,在美国纽约历史协会纪念中美通商 200 周年闭幕式的演奏大厅里,座无虚席,出席的有美国外交家基辛格先生、建筑大师贝聿铭先生、中国大使先生、美籍俄国作曲家齐尔品的夫人钢琴家李献敏女士,及美国各界知名人士。在音乐会上,可铮不但唱了世界著名歌曲,还演唱了多首中国民歌。音乐会上掌声雷动,音乐会后听众排长队请我们签名。第二天,美国《纽约时报》报道:"没想到来自中国的男低音歌唱家温可铮表演得如此精彩,声音如此动人……真像天上突然掉下一块最大的馅饼……"纽约所有中文报纸和许多英文报刊,都报道了这场音乐会的盛况。我和可铮高兴极了,我们实现了理想及诺言,我们为国家争得了荣誉。

河北民歌《红彩妹妹》是俄国音乐家齐尔品编曲的版本,钢琴伴奏写得特别简洁而有韵味。这次齐尔品夫人李献敏女士,在纽约听可铮唱完这首歌后对可铮说:"你比世界上任何人唱得都要好。"

我们最好的朋友和同事丘和西的儿子旭光那时正在纽约读大学,他从报上看到音乐会获得成功的消息,非常高兴地来到我们住所,带我们逛曼哈顿第五大道、中央公园周围的旅游点及商店大厦。走到中午,旭光说:"我是个大学生,没有钱,所以只能请你们一人吃一个热狗(就是面包里夹一根香肠)。"我们笑着说:"这个很好,因为昨天唱得好,又唱了齐尔品所写的几首中国民歌,齐尔品夫人特别高兴,今晚在北京饭店请吃饭,我们今天晚上有好吃的,中午就节省吃吧!"我们走了整整一天也感到很累了,旭光陪我们乘地铁再转公共汽车一直送我们到北京饭店。

那天晚上在座的除主人齐尔品夫人、我和可铮外，还有中国驻纽约领事馆的领事、文化参事及教育参事，又请了美国女钢琴家斯多尔·辛格、美国广播电台立体声频道音乐总编舍尔曼先生和夫人。这顿饭吃了3个多小时，因北京饭店吃饭时有手艺表演，如山西拉面表演、速度飞快的擀皮包饺子、用刀把烤鸭切削成薄片……美国朋友感到新鲜有趣，看得津津有味。饭后领事馆的朋友都告辞回去，我们也准备告辞，钢琴家斯多尔·辛格突然说："我刚听齐尔品夫人谈起昨晚的纪念音乐会上温教授的精彩演唱，很遗憾的是我昨晚有事没有参加，现在是否请大家一起去我家，再请温教授为我们演唱一曲，不知温教授能答应我这个要求吗？"虽然时间已很晚，快到十一点半，我们又走了整整一天，已感到非常累，时差还没有倒过来，但看到钢琴家热情地邀请，我们只能答应。坐在汽车上，我们才听李献敏介绍钢琴家斯多尔·辛格的丈夫是美国国会议员，她的家在中央公园附近，曼哈顿最豪华的公寓，家中的保安和侍女都穿着漂亮的制服。我们在她客厅休息片刻，可铮问："您想听我唱什么？"她拿了一本《舒伯特艺术歌曲》(男低音用的调)，她说："我想听您唱《献给音乐》。"这首歌是可铮最喜欢也经常唱的歌，钢琴家要我弹伴奏。可铮唱完，她激动地从沙发椅中站起来，嘴里不停地说："您唱得太好了，您还能为我们唱一首亨德尔作曲的《弥赛亚》吗？"可铮说："这首歌我几十年没有唱了，曾在教堂唱过。"在座的都说没关系，你看谱唱吧！真是意想不到，几十年没唱过的歌，居然我们俩都顺利地完成了。斯多尔·辛格非常高兴地说："5月19日在纽约圣约翰大教堂(St. John The Divriny)我为你主办独唱音乐会。"齐尔品夫人特别高兴,她说:"温可铮教授,我邀请你成为齐尔品艺术研究会会员。"可铮欣然接受,他说:"听说要付100美元作为会费,我现在没有钱,那我送一幅我画的山水画作为会费。"李献敏夫人说:"你送我一幅你的画,这更有意义。"

与著名钢琴家李献敏(前左)、美国钢琴家斯多尔·辛格(前中)、美国广播电台古典音乐主持罗伯特·舍尔曼(后右1)及夫人、中国驻纽约领事馆领事(后右2)在一起

第二天,我和可铮乘坐公共长途汽车赴伊萨卡,到康奈尔大学音乐系报到。

下午4点30分左右到达,吴瑞和音乐系主任梅祖林先生(前清华大学校长梅贻琦的侄子,北京燕京大学文学院院长梅贻宝的儿子)在车站迎接我们。当时安排我们住专家宿舍,但吴瑞执意要我们住在他家里。瑞兄说:"可铮你回家了,我们是好兄弟,我的家就是你的家。"就这样我们住在了吴瑞家中。

第二天早上8点,吴瑞带可铮去音乐系。音乐系主任梅祖林先生安排可铮和全系老师见面,可铮受到全系老师的热烈欢迎。梅先生对可铮说："你一路很辛苦,先休息两天,一星期后先举行一场独唱音乐会,内容是半场俄罗斯浪漫曲,半场中国歌曲及中国民歌。之后再休息 3 天,举行第二场独唱音乐会,内容是半场歌剧咏叹调,半场德国艺术歌曲、法国艺术歌曲、黑人民歌及灵歌。等音乐会结束,再开始上课、讲学。"

和康奈尔大学音乐系老师交流

在我们全身心的投入下,可铮和我成功地完成了这两场独唱音乐会,受到康奈尔大学师生极大赞赏,可铮的讲课也得到极大的欢迎,康奈尔大学学报及伊萨卡当地报纸连续登载可铮独唱音乐会及讲学的赞扬文章。记得可铮在讲意大利美声唱法与中国语音发音是如何相结合的时候,他用手指着黑板上写的 HIGH C,而且张嘴示范演唱 HIGH C。记者拍了照片登载在报纸上,并注明:"温可铮教授精彩地示范演唱 HIGH C。"

伊萨卡在美国东北部,靠近水牛城,冬天雪又多又大,天气很冷。每天瑞兄和可铮一起去上课,先要把门口的积雪扫清。门口的积雪又厚又结了冰,所以特别难扫。每天两人都要费很大的劲扫雪,然后才把车开出去。

在美国吴瑞家房前

平时,我在家帮瑞兄的太太克莉斯蒂娜做些家务,我负责烧饭,他们喜欢我炒的菜,尤其是蘑菇烧豆腐。克莉斯蒂娜每天还要到隔壁一幢房子去照顾她的母亲。瑞兄和可铮下班回家,这是我们最快乐的时间,可铮唱歌我弹伴奏,瑞兄夫妇由衷地欣赏着。听着听着瑞兄就按捺不住地站起来,要求可铮教他唱歌,几乎每天都是如此。瑞兄还经常在家中举行派对,宴请他的好朋友及同事,每次可铮都要演唱近 10 首歌。天气好时瑞兄夫妇就开车带我们去参观游览。我们在康奈尔大学认识了美国著名男低音歌唱家塞缪尔·雷米,他也非常喜欢可铮的演唱,说没有想到中国也有唱得这么好的男低音。

过了 2 个月,音乐系主任对可铮说:"你来美国很不容易,我们考虑你在下一个月中把讲学及上课的工作结束,然后我们安排你们去纽约,你们更应该去大都会歌剧院看歌剧,到卡

与美国著名男低音歌唱家雷米在一起

内基音乐厅去听音乐会，再应该去朱莉亚音乐学院、曼纳斯音乐学院去交流听课。5 月 19 日你在纽约还有独唱音乐会，你们要去适应一下环境。"

4 月，我和可铮回到纽约。当我们乘坐长途汽车"灰狗"到达车站时，一位名叫雷锯源的年轻人在车站迎接我们，并把我们接到他家居住。他的热情接待使我们很感动，但他唯一的要求，就是希望可铮每天给他上一堂声乐课，因他那时正在纽约大学音乐系学习声乐，研究生快要毕业了，但声音上存在一些问题。可铮每天给他上课，并帮他准备了一场毕业独唱音乐会的曲目。在我们回国后，听丘和西讲，当时他正在纽约，他去听了这场毕业独唱音乐会，雷锯源唱得非常好。雷锯源也非常感谢可铮在短短的 2 个月的时间帮他解决了唱高音的难题。

美籍华裔女高音歌唱家茅爱立女士听说可铮从康奈尔大学音乐系讲学结束回到纽约，又听雷锯源说我们正住在他家里,非常高兴,就立刻开车来接我们到她家小住几天。她的先生莫德昌在联合国工作,会拉小提琴,对古典音乐有极高的修养及鉴赏力。他们俩特别喜欢听可铮唱歌。茅爱立女士还为我们在家中开了一个派对,请的都是朱莉亚音乐学院著名的声乐教授,其中有一位是曾来过上海音乐学院声乐系讲学的弗洛教授,还有勃朗教授、艾琳夫教授等。可铮和他们亲切地交流畅谈,他们对可铮的演唱赞不绝口,并邀请可铮去朱莉亚音乐学院参观访问,可铮也答应了他们的邀请。

过了一个星期,可铮和艾琳夫教授约定去朱莉亚音乐学院参观访问。那时可铮的学生、女中音熊瑛和郭燕瑜,此时都在艾琳夫教授班上学习。朱莉亚音乐学院在曼哈顿林肯音乐中心附近,离大都会歌剧院和纽约市立歌剧院很近。音乐学院附近还有卖各种原版乐谱的商店,但乐谱的价钱很贵。大都会歌剧院旁边有一所音乐图书馆,你只要有固定住处,有缴纳电话或水电的账单,或国内国外寄给你的信封,就可以在音乐图书馆办一张借书证,免费借乐谱或唱片,可以带回家一个星期,然后再交换借阅其他的乐谱和唱片,也可以在图书馆听唱片,图书馆提供唱机和耳机。可铮太喜欢音乐图书馆了,这是我们常去的场所。

有一天,我们听艾琳夫教授给一位男中音学生上课,那位学生唱高音有点困难,艾琳夫教授请可铮给他上课。可铮说了男声唱高音换声的技术,并示范如何换声让声音进入头腔,那位学生很快地学会了。艾琳夫教授非常高兴地说:"温可铮教授示范教学得太好了。"接着她笑着说:"东方人都会魔法,温教授是中国人,他会施魔法,自己再示范演唱,你就学会了。"

与茅爱立（后中）及朱莉亚音乐学院的勃朗（前左）、弗洛（前中）等教授
在一起

与朱莉亚音乐学院声乐教授艾琳夫（中），中国学生熊瑛（左4）、郭燕瑜
（左2）在一起

那天我们从朱莉亚音乐学院走上大街,那位男中音学生追上来跟可铮说:"您刚教我唱高音的方法太奇妙了,我感到唱高音很轻松又不累,唱后嗓子很舒服,我想跟您学,您能教我吗?"可铮说:"很抱歉,我这次来美国是参观访问,5月19日我在圣约翰大教堂还有一场独唱会,不久我就要回中国,但是我欢迎你来听我的独唱音乐会。"这位学生感到失望和遗憾,他说一定来听音乐会。

后来我们又听了勃朗教授的课,他是强调用咽部歌唱,和林俊卿的咽音唱法有相似之处。

这时,由雷锯源介绍,我们认识了上一届纽约声乐教师协会主席莱特勒教授,她在纽约市立大学音乐系任教,她请可铮到音乐系讲授"怎样用意大利美声唱法唱中国歌"。可铮又说又唱,学生们兴趣极大,课后都围着可铮说,真没有想到中国有这么多好听的民歌和歌曲。可铮非常高兴,因为他弘扬了中华民族优秀的音乐文化。接着可铮又作了2次题为"俄罗斯声乐作品介绍及示范演唱"的讲座,也受到学生热烈欢迎。

莱特勒教授请我们去她家吃饭。可惜她亲自下厨做的面及菜,里面都放了芝士。可铮一闻到食物中有芝士味,他都不喜欢,但为了礼貌,只能勉强吃两口。

可铮的学生戴小平这时正在曼纳斯音乐学院学习。他的老师拉万教授是这一届纽约声乐教师协会主席。经小平介绍,我们认识了拉万教授,并多次听她给学生上课。她也请可铮到曼纳斯音乐学院讲学,介绍俄罗斯的作品和中国歌曲。她还请我们去大都会歌剧院看了一次歌剧。她对可铮的演唱非常喜欢和赞赏,我们成了好朋友。

茅爱立女士打电话给斯义桂教授,告诉他温可铮来纽约了。斯义桂教授听说后,特别高兴,他请茅爱立第二天开车带我们去他家,而且要求我们上午10点钟就到。斯义桂教授家住在康州,在纽约的附近。这天的天气特别冷,又是大雪纷飞,可我们都很兴奋,因为就要见到斯义桂和李蕙芳两位老师了。当我们的汽车开进一个大花园的车道,斯义桂和李蕙芳两位老师已等在房屋的大门口。他们热情地和我们拥抱,斯老师还拍着可铮的肩膀说:"我的小老弟,你一切都好吧!能让你到美国来不容易吧!康奈尔大学在美国是名校之一,他们请你作为访问学者开大师班,这说明你唱得好,有真本领,我为你感到高兴,你对声乐事业、对歌唱的执着热爱和用功努力,我在上海上课时已非常了解,所以我喜欢你,并为有你这样一位小师弟感到荣幸。"可铮含泪激动地说:"斯老师您是我的老师,在上海您给我上课,我学到许多曲目及演唱方法,我永远记在心中,永远不会忘记。"

斯老师带着我们参观他的大客厅及玻璃花房。房外大雪纷飞,房内鲜花盛开,香气扑鼻。接着斯老师带我们去地下室。地下室非常大,布置得简洁明亮,中间放了两台三角钢琴。斯老师说:"可铮来唱几首歌吧,很久没听你唱了。"可铮把去康奈尔大学开独唱会的曲目,选了很多首唱给斯老师听。斯老师听后激动地从座椅上站起来,他拥抱着可铮说:"小老弟,我可要称呼你老兄了,你唱得太好了,因为你是在用心灵歌唱,歌唱技术已非常成熟。你在纪念中美通商200周年闭幕式上举办独唱会的报道,我从报纸上已看到,对你演唱的评价

1984年12月，与斯义桂教授在一起

非常高，你为中国争了光，我太高兴了。现在听你唱这些曲目，我几乎提不出什么缺点。"接着我们回到花房，李蕙芳老师准备了茶水及小吃，大家高兴地聊天。

斯老师说："小老弟，我在上海时也听说过你，知道一些有关你的情况，你很坚强，你忠于艺术，忠于你一生为它献身的声乐事业，你一路走来是多么艰难和不容易，正如贝多芬曾经说过的一句话'正义的人能在遭受不公平对待时，仍不偏离正道'，小老弟你就是坚强地走你决定一生该走的正道。而且你有个好贤内助，她在你身旁不离不弃地帮助你。说实话我从心里敬佩你，你是一位伟大的艺术家、歌唱家，你也是我们中国人的骄傲。今天中午我们随便吃点面，可是今天晚上我要亲自下厨给你们做一桌菜，请你们尝尝我的手艺。"这一天，可铮和斯义桂促膝交谈，谈声乐，谈艺术，谈生活，真正做到知无不言，言无不尽。这样和谐感人的场面我一辈子都难以忘怀，至今我在回忆这两位伟大的中国著名男低音歌唱家的会面时，当时的场景在我的脑海里仍历历在目。晚上斯老师做了一桌好菜,色、香、味俱全,我们一边吃一边赞不绝口。当我们要离开时,已经是晚上10点多了,斯老师和李蕙芳老师热烈地拥抱着我们,大家依依不舍地惜别。我们的汽车开出大门,我们看到斯老师手里拿着一条很大的白手巾在不停地挥动,我们的汽车愈开愈远,我和可铮回头看着这条不停地在挥动着的白手巾愈来愈小,最后成为一个小白点,远远地、渐渐地从我们眼中消失。这是我们和斯义桂老师夫妇最后一次的见面和欢聚,也是永别。

4月20日,可铮应邀赴阿利佐那大学音乐系举办独唱音乐会,钢琴伴奏是阿利佐那大学钢琴系范亚美教授。我一人留在纽约,丘和西的儿子旭光经常过来陪我去曼哈顿观光,雷锯源一家也带我去游览。可铮一个星期后回到纽约,音乐会也非常成功。

谭抒真院长及夫人当时旅居美国纽约,可铮和我去看他,他特别高兴,好像亲人来了。他带我们去日本花园看樱花,可

与上海音乐学院原副院长、小提琴家谭抒真先生在一起

惜樱花快要谢了,但日本花园的设计精巧,花园鲜花种类之多,色彩之鲜艳,特别是五彩缤纷的郁金香正在盛开,铺满整个花园,使我们流连忘返。

这次美国之行,的确使我们大开眼界,尤其在声乐艺术方面。我们和康奈尔大学音乐系、曼纳斯音乐学院、纽约大学音乐系、朱莉亚音乐学院的声乐教师及美国歌唱家进行了广泛的交流。我们去大都会歌剧院、卡内基音乐厅欣赏歌剧及音乐会;我们去音乐图书馆借乐谱及唱片,戴上耳机听我们想听的声乐演唱和钢琴演奏;我们全身心地沉浸在美妙、神圣、纯洁的音乐中,像海绵似的拼命吸收知识,尤其是可铮。

第一次去大都会歌剧院听歌剧时,我们坐在6楼。美丽的吊灯在剧院大厅的顶上闪出耀眼的光亮,巨大的舞台挂着红色丝绒幕布,乐池也很大。当歌剧快开始前,大小吊灯向上渐渐地升起,渐渐地变暗,像天上无数的星星在闪烁着,一直到熄灭。这时乐队已全部就座,指挥入场,热烈的掌声四起。序曲奏响,美妙的交响音乐顿时充满全场的每个角落,剧场的音响效果之好是无法用言语来形容的。当演唱者在舞台上演唱时,声音圆润、响亮又悦耳。我侧脸看到可铮兴奋地睁大眼睛,全神贯注地听着。我坐在一旁心中想着,可铮如果早30年出国,今天或许也能在大都会舞台上一展歌喉。可惜可铮一直没有得到过出国的机会,在他36岁到46岁,正是演唱最好的年华,却是在"牛棚"里劳动改造,甚至不能发声唱歌。想到此,心里不免又是一阵心酸。

在大都会歌剧院,可铮和我常常会从6楼开始,一层一层地听歌唱家演唱的效果。剧院虽大,但各个角落音响效果都是一样的。听演唱者在剧场演唱,和听唱片大不相同,可铮能听出歌者的演唱方法及了解整部歌剧的全意。

可铮在教学中,有个很重要的环节,就是让学生参与舞台演唱,他认为学生学习声乐,不能只在课堂里,而是一定要通过舞台实践才能展现出其所学的发声技巧、表演能力及对歌曲的理解,在课堂里是出不了歌唱家的。所以他总是以身作则,带着学生同上舞台。

在纽约圣约翰大教堂可铮个人独唱音乐会举行前夕,应新泽西州普林斯顿大学之邀,可铮带了在纽约正在留学的部分学生,熊瑛(女中音,朱莉亚音乐学院学习)、雷锯源(男中音,纽约大学音乐系学习)、张如晖(女高音,曼纳斯音乐学院学习),一同举办了声乐演唱会,钢琴伴奏由我和谢蕊担任。

5 月 19 日,纽约圣约翰大教堂成功举办了主题为"和平音乐会"(The Concert For Peace)的可铮个人独唱音乐会。这是我们以前做梦都梦不到的,如今终于实现了,也证明了我们

1984 年 5 月,在纽约圣约翰大教堂举办独唱音乐会

的理想、信念和对艺术不懈追求所迸发出来的力量。第二天的《纽约时报》发表评论称："令人惊叹的曲目,令人惊叹的演唱,令在场的美国纽约知名人士惊叹叫绝!"

老院长谭抒真先生当时正旅居纽约,他出席了这场音乐会,之后撰文:

纽约圣约翰大教堂是全美国最大的教堂,宏伟壮丽,是旅游者参观的重点。该教堂每逢星期六下午或晚上举行音乐会,邀请世界第一流音乐家演奏、演唱。音乐会节目并非与宗教有关,而是严肃的古典音乐。1984年5月19日,温可铮被邀请在该教堂开独唱会,我有幸去聆听,那真是一次奇妙感人的经验。我当时一面听一面想,只有温可铮的声音才能在这巨大殿堂里显示出它的威力。这使我想起河南开封建于宋朝的钟楼上的两面巨匾:"声震天中,无远弗届。"那声音既宏亮又清晰,在一般较大的厅堂内演唱,常会由于混响时间太长造成音乐混浊不清的效果,而在这圣约翰大教堂却没有这缺点。我估计原因是该教堂的超乎寻常的巨大造型,使反射回来的声音已经在很大程度上衰减。巨大的空间美化了声音而不产生混浊的不良效果。在这次音乐会上,温可铮演唱了莫扎特、威尔第、柴可夫斯基、莫索尔斯基及齐尔普宁的十几首曲子。听众反应强烈,极为成功。我在听时想起他在"文化大革命"中被迫害的情景,不禁潸然泪下。温可铮夫人王逑女士是一位卓越的钢琴家，非常熟悉声乐文献。她的伴奏和温可铮的演唱融洽无间，相得益彰。

音乐会后一位美国朋友对我说："没有想到你们有这样了不起的歌唱家，太精彩了，若不是我在《纽约时报》看见消息，几乎错过来听的机会。"

由于我们在美国期间所有的独唱音乐会、讲学、学术交流等活动，获得媒体的赞扬及康奈尔大学、普林斯顿大学、纽约大学、阿利佐那大学、德鲁大学、朱莉亚音乐学院、曼奈斯音乐学院师生的热情反响，中国驻纽约领事馆总领事曹桂生先生专门派车来接可铮和我去中国领事馆，对我们在美国所作的讲学及演出给予了高度肯定，赞美我们为传扬中国音乐文化做出了贡献，为国争了光。接见后，曹桂生总领事及夫人章爱萍设宴欢迎和感谢，并希望我们在国外继续为国争光，做出更大贡献。

当时在纽约的最大华人组织，华美协进社的主席翁万戈先生邀请我们继续留在纽约，希望我们为海外华人做一些音乐方面的工作。可铮说："我们很希望在海外华人中多做一些音乐工作，但必须获得上海音乐学院同意继续留美的公函，我才可以留下。"当时翁万戈先生要回国办一些事，他就亲自到上海音乐学院找了桑桐院长，桑院长同意并由学院寄函给我们。翁先生立即打电话通知我们学院同意了。但此时我们在美国的期限将近，可铮和我决定不再等这个公函了，我们还是按时回国，一刻也不能差。可铮说："我从青年时代起就想争取国家保送，出国留学，学习声乐艺术，但我的出国动机一直未被理解和接受,他们一直说我要叛国。'文革'达到了登峰造极的地步,把我打成了所谓的'叛国分子',最后说我没有叛国行动,有叛国动机,真是岂有此理!这次我们夫妇一起出国,在美国,特别是在纽约为祖国赢得了荣誉,现在我们一定要一起按时回国,我要用我的实际行动,回答那些曾造谣、迫害、诬蔑我的人,让他们看看我是叛国者还是爱国者。"

二

1984年7月,我们按时回到上海,立刻到上海音乐学院报到。我们回国之前,上音已谣言四起,满城风雨,"温可铮两口子肯定不会回来了"。我们的按时回归,出乎许多人的意料。桑桐院长见到我们说:"你们怎么回来了?没有见到我院同意你们继续留在美国工作的信吗?"可铮说:"没有收到此信,可能是擦肩而过吧!"桑院长说:"回来也好,现在有重要的工作任务要交给你。中央文化部指定你回国后,担任声乐系主任。"可铮说:"这次我在美国访问考察了好几所美国优秀大学的音乐系及音乐学院,也和多位美国著名的声乐教师和歌唱家交流,受到很大震动和教育。办好声乐教学工作,首先就要提高师资水平,提高演唱实践与教学相结合的水平。教师要团结一致,各种流派要互相学习,互补缺点。不能任人唯亲,而要任人唯贤,不拉帮结派。每位教师要把精力放在钻研业务上,提高自己的演唱教学水平。更不能做'武大郎开店,不许伙计比他高'的事。在国外的音乐系,系主任一定会为系内有真才实学的优秀教师而感到骄傲,每一学期能演唱的教师都应该开独唱音乐会,但不许炒冷饭,要有新的曲目、新的体会、新的研究、新的表演。在康奈尔大学音乐系我们就曾经听到一位声乐教授的独唱会，全部演绎马勒的作品，其中一些歌我们都是第一次听到。有些教授年纪大了，嗓音没以前好了，他们就写论文。论文中如果有新的探索、新的理念、新的建议，系主任也会很高兴，这关系到老师下一年的聘用。老师中只有钻研业务的时间，而没有搞权术、搞宗派、搞打击人的时间。所以在学校每位教师都兢兢业业，工作愉快。这种友好、团结的感受使我们永远不能忘怀。我愿意接受担任系主任的工作，我也有信心做好这个工作。"

1984年9月，由中央文化部任命温可铮出任上海音乐学院声乐系主任。

可铮走马上任后，马上到每位教师的课室中去听课，他想全面了解每位老师的教学情况。可铮建议，为了提高教学质量，要让每位能演唱的老师走上舞台。不能上舞台的老师在教研室里唱，或二三人自愿组合在家中演唱。通过演唱提高自己的演唱能力，同时也提高教学能力。可铮认为，每一位教声乐的教师都会说，打开你的喉咙，气要深，要有共鸣，声音要到头腔去。但用什么具体手段及办法去实现、去达到就没那么容易了。如果自身没有演唱体会，就很难把方法说清楚，就无法身体力行地去指导学生。学生常会感到一堂课下来，老师说了很多，下课后好像还在云里雾里，像是学到了，又好像什么都没学到，一切都是"玄"的。

可铮同时还建议年纪大的教师，如果因年龄关系不能演唱了，那就要读书，钻研，写出论文，陈说自己的观点，但绝不容许抄袭或"炒冷饭"，要有新的学术理论和观点。因为在美国大学的音乐系就是这样执行的。

但是,可铮天真单纯的美好愿望,以及善意的建议,成为了笑柄,根本是行不通的。

只有满腔热忱的可铮,每天焦头烂额,垂头丧气,无法开展工作,下班回家时嗓子嘶哑,没有情绪唱歌、练歌。更可气的是,居然有人编造谣言,诋毁可铮的人品。还好,我的父母亲和可铮的表兄、表嫂帮我分析所发生的一团乱麻般的情况,并与我一起劝说可铮,不要再当这个声乐系主任了。但可铮心有不甘,他说:"我一心想把声乐系的工作做好,提高教学质量,教出好学生来为上音争光,为国家争光,为什么有人不理解我,不支持我?"我对可铮说:"你秉性耿直,刚正不阿,你只有业务这一个标准,这样很容易得罪人。你是一位伟大的艺术家,但你不是做领导的料,你还是别干了,还是做回你的歌唱家吧,到时把自己累得不能演唱了,那可就太不值了!"可铮听了我的一番话,内心激烈斗争。他是一个不肯服输的人,绝不愿意轻易从阵地上退下来。我又说:"社会是有分工的,就好比非让一个外科医生去当厨子,即使外科医生能做饭,那也是得不偿失。我认为你应该在有生之年把歌唱得更好,把学生教得更好,而不是在你不擅长的行政事务里耗费你宝贵的时间和精力!"可铮茅塞顿开,他深情地握了握我的手,接受了我的建议。

第二天,可铮向院长提出辞呈。起先院长还一再挽留,但可铮已下定决心坚决不干了。那些躲在阴暗处造谣滋事的人也许自鸣得意,他们略施小计就把可铮从系主任的位子上拉了下来。但我反过来想也很庆幸,自从可铮不再担任这个倒

为艺术为爱情

霉的系主任后,又全身心地投入他最喜爱的演唱和教学工作之中,我们家重新恢复到正常的生活轨道上,这正是我所希望的。此后,我们每天合伴奏练习曲目,同时我们的演出及社会活动也变得丰富多彩起来。这场"系主任风波"的妥善解决,我除了感谢我的父母和弟弟王达的帮助,还要感谢表兄霍宏暄、表嫂任永俭帮我多次劝说可铮,同时还要感谢学生赵丽、曹玉萍、滕秀梅的支持和帮助。

摆脱了烦恼的可铮又开始了频繁地演出。

1985 年 5 月,由中国人民对外友好协会、中苏友好协会、中国音乐家协会、中央乐团主办,纪念伟大作曲家柴可夫斯基诞生 145 周年音乐会,可铮担任独唱,指挥韩中杰。

1985 年 6 月,文化部艺术事业管理局聘请可铮为文化部、中国音乐家协会联合主办的"聂耳、冼星海声乐作品演唱比赛"的评委,该比赛于 1985 年 8 月 4 日—21 日在黑龙江哈尔滨举行。

1986 年 3 月,在上海电视台录制俄罗斯浪漫曲 10 首的电视录像《伏尔加河畔的歌》演唱专辑。钢琴伴奏王述,大提琴助奏吴和坤。

1986 年 7 月 22 日,中央乐团星期音乐会与北京音乐厅特邀可铮举办独唱音乐会。钢琴伴奏王述,大提琴助奏是中央歌剧院首席大提琴沈和群。

1986 年 10 月 17 日,中国音乐家协会上海分会在上海音乐学院礼堂举办温可铮独唱音乐会。钢琴伴奏王述,大提琴助奏吴和坤。

三

那时,南京师范大学音乐系要送一位教师到上音来进修,由于两位被选的教师互相争抢名额,所以系领导就决定另派一名教师去上音进修,这位青年教师就是俞子正。俞子正是一位聪明、能干、好学,又肯钻研的学生,他来校后,先被派在别的班上。但他并不着急去报到上课,而是四处打听声乐系哪位老师教得最好,然后他又站在其他老师课室门外听课。那时可铮和我还在外地演出,开学以后才回到学校上课。可铮每次上课时,俞子正总站在门外,每次可铮下课时把教室门一打开,就看到俞子正恭敬地站在那里,并叫一声:"温老师,我想跟您学。"那时对俞子正的第一印象是长得较瘦小,可是他诚恳的态度,使可铮感动了。俞子正为了学习,为了学得好,可谓用心良苦,可铮答应收他为学生。那时可铮班上还有一位从成都军区来进修的男高音吴志明,嗓音条件特别好,可铮就让俞子正先听课。两个星期后,可铮再听俞子正唱,令可铮立刻对俞子正刮目相看。俞子正的声音有了很大进步,这说明他很聪明,又肯下功夫钻研。半年后俞子正回校汇报演唱,突飞的进步,完美的演唱,使全系师生惊奇。继俞子正之后,南京师范大学又送来邓小英、叶继红、有德乡等老师来上音在可铮的班上进修。

在1984年全国青年歌唱家声乐比赛中,俞子正唱得非常好,当时比赛的还有张建一,因为他形象比俞子正好,所以张建一得了第一名,俞子正得了第二名。一次日本武藏野音乐学院教授、著名大提琴家清水胜雄先生,到南京师大访问。音乐系组织一场音乐会，其中有俞子正独唱。因俞子正唱得好，清水胜雄教授就选了俞子正，到日本东京艺术大学歌剧系学习，还在他家为俞子正准备了一间房，供他居住，并提供一切费用。俞子正把这好消息告诉可铮，可铮高兴极了。因俞子正当时是在南京，如在上海肯定没有这样好的机会。俞子正一到日本即参加 NHK 全日本声乐比赛并获得第一名，又以优异成绩考入东京艺术大学歌剧系，毕业前后在日本演出的歌剧《托斯卡》和《蝴蝶夫人》中担任男主角，都获得好评。俞子正是中国人在国外的歌剧舞台上扮演男主角的第一人。

几年后，俞子正学成回国，途经上海回南京。可铮去机场接他，还特意关照我做一个俞子正最爱吃的"冰糖红烧肘子"。

1986 年 10 月，日本早濑音乐事务所邀请可铮到日本巡回演出。这是个很有实力的音乐事务所，经常邀请世界第一流的音乐家到日本演出。可铮很高兴接受邀请，他也知道这是俞子正联系和介绍的。

1986 年 11 月，和俞子正师徒二人在日本东京

可铮在去日本前,俞子正告知,俄罗斯著名男低音歌唱家、莫斯科音乐学院声乐系主任涅斯泰连科在可铮音乐会的前两天也在东京开音乐会,演唱的曲目大部分也是俄罗斯浪漫曲。可铮听说后,要求早两天到东京,想听一下涅斯泰连科的演唱,日方同意了。事后可铮告诉我,他去了新宿文化会馆,当他听涅斯泰连科唱时,心中想到过两天自己要在上野文化会馆演唱,两人都是男低音,有很多曲目相同,尤其是俄罗斯浪漫曲,涅斯泰连科是俄国人,他唱的是自己民族的歌曲,是他的母语,当然从语言声音和俄罗斯风格上肯定高出一筹,而且唱得的确很好,几乎完美得无懈可击。但可铮想,我演唱也有我的独到之处,吸取他的优点,发挥自己的所长。声音控制的变化、强声和轻声的对比,及表现时的乐感,外国人能做到的,中国人也能做到,而且要做得更好。两天后可铮信心百倍地走上日本上野文化会馆的舞台。在经久不息的掌声中,可铮向日本声乐家及听众展示了中国歌唱家的魅力和风采。当可铮演唱一组由日本大提琴家清水胜雄大提琴助奏的俄罗斯浪漫曲时,男低音美妙的主调出现,大提琴连贯地、隐隐地在主调下配合着,真是天衣无缝、水乳交融。当可铮用接近哼鸣的声音演唱具有东方色彩的《波斯恋歌》第三段,对恋人发出喃喃的细语"来吧,我的恋人,到我怀抱中来吧!我们拥抱到天明,永不分离"时,结尾用极轻的假声结束了整个歌曲的主题曲调,最后的余音在巨大的音乐厅里飘荡,全场安静得连心脏的跳动声似乎都能听到。余音消失后,听众还沉浸在音乐中。过了很久,突然爆发出长时间潮水般的热烈的掌声。这首歌是可铮唱了一辈子最拿手的保留曲目之一,我和

1986 年 10 月,在上野文化会馆举办独唱音乐会

1986 年 10 月,在日本多个城市举办独唱音乐会及学生俞子正同台音乐会

1986 年 10 月，在日本与大提琴家清水胜雄排练

2002 年 10 月，与涅斯泰连科在一起

可铮每次在舞台上表演此曲时都有如此激动人心的感受及场面。

可铮曾对我描述过这场音乐会。中场休息时，许多听众到剧场外休息厅买来鲜花，等音乐会结束，大家捧着鲜花排成两排，向可铮献花。花束多得三角钢琴上都摆不下。还有热心观众等待在化妆间门口，簇拥着可铮送他离开音乐厅。

第二天，日本各大报刊好评如潮，都给予这场音乐会极高的评价。

东京艺术大学声乐系主任须贺靖和教授说："很多年没有听到过这样出色的男低音了，当年我听过夏里亚宾（已故世界男低音歌王）演唱，与之相比，今天听到温教授演唱，更让人难忘，更为出色。"

作曲家林辉跟着可铮的音乐会从横滨、东京，到群马，每次都十分兴奋，称赞"温先生是中国的国宝，也是亚洲的宝"。

意大利教授嘎尔蒂尼用力拍着俞子正的肩膀说："你的老师非常出色，非常精彩。"

中国驻日本大使馆的"内参"《通讯评论》写道："温可铮先生此次在日本演出成功和反响之大，不亚于任何一位来日本访问演出的外国艺术家，这说明我国的声乐水平完全有能力在世界歌坛上排座次。今后，我们派出国的人选尽量要这样第一流水平的、能够在世界乐坛上站住脚的艺术家，只有这样，才有利于提高我国在世界音乐界的地位和影响。"

大使馆《通讯评论》言辞犀利地写道："如果我们能在20年前把鼎盛时期的温先生抬出来，让他到世界各国去举行演唱会，去出头露面，恐怕当今世界十大歌王中就会有中国人的一席之地了。我们的音乐界一直标榜自己重视古典音乐,但实际上我们对古典音乐,尤其是有成名之望的个人,重视程度远远不如对互相牵制、诋毁别人更为重视,弄得谁也不能出名,谁也不能冒尖,大家绝对平等。"

《德岛新闻》撰文:"夏里亚宾(世界低音歌王)再现。""训练有素的意大利美声唱法。""显示了世界一流歌唱家的威力。"

日本艺术院士、国际音乐评委园田高弘教授撰文:"男低音温可铮教授演唱的舒伯特、莫索尔斯基的歌曲,音质好,艺术性高,表演得恰到好处,确实是令人惊叹不已的、了不起的演唱。

清水胜雄教授是日本著名的大提琴家,也是当时日本皇太子明仁的大提琴老师。皇太子有一个非常热爱音乐的家庭,太子妃弹得一手好钢琴及竖琴。每年他们家都要举行几次音乐会,邀请日本一流的音乐家去做客。经俞子正的导师清水胜雄教授的推荐,皇太子一家欣然答应,十分欢迎。

1986 年 10 月 31 日,应邀赴日本皇宫演唱

可铮回来后向我叙述了去皇宫的经过。那天皇宫通知中国大使馆，邀请可铮去皇宫演唱。中国大使先生也没有想到，当天他也着装等候，想和可铮一起去。谁知皇宫的汽车来接时，说只请温先生一人去，并带学生俞子正为翻译。可铮进入皇宫，只见两边站着侍卫，都很高大神气。见到皇太子明仁和太子妃美智子，感到他们非常亲切，有礼貌。当时在场的有清水胜雄教授及夫人、东京艺术大学音乐系主任须贺教授、钢琴伴奏昭田宏行，以及皇太子的两个孩子德仁和文仁。这是一次家庭音乐会，气氛高雅而随和。可铮全身心投入，演唱了几首俄罗斯浪漫曲和几首中国歌曲。太子妃美智子说："虽然我不懂中文，但你唱的中国歌曲，内容及意思我都听懂了，唱得太好了，你是世界一流的歌唱家。"皇太子明仁还询问可铮："作为一位亚洲人，东方人，怎么能把意大利美声唱法运用得如此好，你有什么诀窍？"可铮说："您知道中国有个少林寺吗？这就是少林功夫。中国有句老话叫'曲不离口，拳不离手'，还有一句叫'夏练三伏，冬练三九'。总之就是'天天练'，这就是我的诀窍。"演唱结束后，大家共进午餐，太子妃坐在可铮旁边，热情地拣菜，有最上等的生鱼片、生牛肉片。她问可铮吃生的鱼片、肉片习惯吗？可铮只能客气及有礼貌地回答："还可以。"可是吃完后，回到大使馆的住所，可铮一晚上胃里都不舒服，因为可铮最不喜欢吃生鱼片和生肉片。可铮后来说到此事，都会哈哈大笑，说自己是老土，很多人都说皇宫里的生鱼片、肉片都是最上等的，可我就是没这口福，就是不能接受。

四

1986 年 12 月 29 日,可铮荣获 1984—1985 年度上海文学艺术奖和音乐表演艺术奖,由上海市文学艺术界联合会颁发,这是可铮在上海获得的第一个大奖。

1987 年,上海交响乐团由曹鹏指挥,要演出贝多芬《第九交响曲》,男中音独唱请陈㦤演唱。不知什么原因,到演唱前 3 天,他突然不知去向,不辞而别。曹鹏急着来找可铮,请可铮救场。可铮虽答应了,但心中也有点担心。其一,《第九交响曲》的《欢乐颂》是男中音的独唱,他从未唱过,而且对男低音来说也比较难唱。要在 3 天内唱会、唱熟,对一个演唱者来说,是非常难的。其二,伴奏从未听过,而且是交响乐队伴奏。但他一直乐于挑战自我,再难也要攻下。3 天内他看谱唱熟,和其他 3 位独唱者仅合过一次钢琴伴奏,在交响乐团也仅合过一次伴奏,就上舞台演唱了。当时我和曹鹏的夫人惠玲老师坐在一起听这场音乐会。可铮唱时我紧张得心都快跳到喉咙口了,两手紧握,全是汗水,不知可铮会唱成什么样!当听到《欢乐颂》男中音第一句独唱,高音唱到男低音的极限升 F 时,他站在舞台上满怀信心,声音洪亮,音色饱满,高音稳定又优美,没人会相信这是他用 3 天时间准备的。贝多芬《第九交响曲》中的《欢乐颂》本应由男中音独唱的,而他一位男低音唱得如此动听完美,惠玲激动地握着我的手说:"老温唱得太好了,太好了!"指挥曹鹏也高兴极了,没想到可铮在 3 天的准备中唱得如此完整美好。

1987 年 12 月,日本关西交响乐队邀请可铮去日本大阪交

和著名指挥家曹鹏在一起

响音乐厅,演唱贝多芬《第九交响曲》中《欢乐颂》中的男中音独唱。可铮到大阪后立即投入乐队合伴奏排练中。乐队合伴奏排练只有一次,第二天晚上就要正式演出,这对一个歌唱家是最大的考验,音准、节奏,尤其在重唱时更为重要。可铮在排练时一直拿着谱子看,其他3位是日本歌唱家,他们都是背着唱的。排练结束,指挥用怀疑的眼光看着可铮说:"中国歌唱家都是看谱演唱吗?"可铮对他笑了笑,什么话都没说,心中却想,到明天演出时,你看看中国歌唱家的威力吧!第二天演出时,可铮扔掉乐谱,站在舞台上真正地长了中国人的志气。他用洪亮优美的声音演唱,技压群芳。现场的华侨听众欣喜若狂,就连日本的听众也不得不惊叹折服,对着可铮热烈鼓掌,经久不息。

1987年,香港圣乐团准备来上海音乐厅演出亨德尔的《弥赛亚》,指挥黄永熙博士,女高音邀请的是香港著名歌唱家江桦,男低音就邀请了可铮。亨德尔的《弥赛亚》是男低音

1987年，与关西交响乐队排练贝多芬《第九交响曲》

演唱的试金石，音域又宽又高，音阶跑动快，每个音都要唱得干净利落，一段唱词常用一口气来完成。可铮在演出时唱得一点都不费力，音质优美。这不是天生的，是他在家中花了大量的时间练习的，所以说功到自然成。做任何事情，即使是一件最小的事，都要花时间、花精力，认真对待、精益求精，真可谓"台上一分钟，台下十年功"。

　　1987年，有一位法国著名华人商会会长曹其钧先生，他生长在上海卢湾区，后去香港，又移民法国，定居在巴黎。他热爱上海，这次来上海，准备在卢湾区投资，同时为法国马赛博览会邀请节目。他邀请了上海马戏团的表演，又邀请了温可铮在马赛博览会闭幕式上演唱。据他说从小就是听温可铮的歌长大的，可铮很高兴地接受了邀请。曹其钧先生设宴，参加的有卢湾区领导及上海市文化局领导，还有可铮及《文汇报》一位记者。在宴会上，曹先生谈到马赛博览会上演出的事，大家都很高兴，表示支持此演出。宴会进行中，曹先生去厕所，那位记者先生也跟着去厕所。在厕所里，记者先生对曹先生说："你为什么要请温可铮去唱,他在中国不是唱得最好的,我可以帮你介绍周小燕的学生去唱。"曹先生回到宴会厅,他说:"刚才这位记者先生对我说,温可铮在中国不是唱得最好的,他要介绍周小燕的学生。我现在要请问各位领导,温可铮在中国是不是唱得最好的? 我自己认为他是中国唱得最好的歌唱家,难道我邀请有错,还要这位记者先生另行介绍吗?"当时在座的领导都说:"温可铮是我国唱得最好的男低音歌唱家。"这位记者先生没有想到,曹先生竟然当着大家的面把他讲的话说出来,当时他面色通红,无地自容,恨不得从地板缝里钻进去。

博览会召开的日子快到了,可是签证毫无消息,可铮因去北京演出,就去文化部问询。文化部说马赛和上海早已结为友好城市,不用中央批,上海有权批,上海同意即在驻上海法国领事馆办签证。可是上海又推给北京,互相推诿,究竟是怎么回事,我至今都不知道。等马赛博览会结束,我们的签证依旧毫无消息。曹其钧先生特别生气,他感到上海方面言而无信,非常失望,最后影响到他投资卢湾区的信心。他给可铮写信,信中谈到他的不满和失望,他把准备请可铮去马赛演唱的那份钱存放在一个存折里,交给可铮的学生周强保管,他信中说:"你什么时候来法国巴黎都可动用这份钱。"

1988 年 2 月,上海交响乐团纪念瓦格纳逝世 105 周年,特邀可铮演唱《噢,我迷人的晚星》(选自歌剧《唐豪赛》)、《我的主,我呼唤你》(选自歌剧《罗恩格林》)。可铮的女高音学生朴春燕也参加演唱,获得大家的好评。这次指挥是侯润宇。

从 1988 年 4 月开始,可铮连续担任了中国人民政治协商会议上海市第六届、第七届委员。每次开会他都很认真，他很珍视上海市政府给他的信任，当好一名政协委员。

1988年5月，由上海音乐家协会主办，可铮带了俞子正、陈惠民两位学生在上海音乐厅举办独唱音乐会。

1988年5月，上海音乐厅，偕学生俞子正、陈惠民举办独唱音乐会

同月，世界著名德国女高音歌唱家艾美琳（Elly Ameling）和世界著名的美国声乐艺术指导、钢琴家达尔特·鲍德温（Dalton Baldwin）到上海举办独唱音乐会。曲目全部是德国艺术歌曲。很遗憾艾美琳到上海感冒了，只好取消这场独唱会。上音声乐系邀请鲍德温来讲学。南大楼302教室，同学和老师挤得满满一堂，鲍德温自己伴奏，同学演唱。当他听完几位同学演唱后，站起来问："舒伯特有两部世界著名的声乐套曲，《美丽的磨坊少女》（*Die schone mullerin*）和《冬之旅》（*Winterreise*），还有一部《天鹅之歌》（*Schwanen-gesang*），不知你们哪一位唱过？"这时教室里鸦雀无声，大家低着头，谁也不答话。鲍德温再一次问："有哪一位唱过？"这时可铮才举起

手说:"我唱过。"鲍德温请可铮上台,他请可铮唱《冬之旅》中第一首《晚安》(*Gute nacht*)。鲍德温精彩的伴奏激起了可铮歌唱的热情,他充满乐感的声音表现和伴奏真是天衣无缝的合作,如此完美。我平时一直为可铮伴奏,这次是坐在台下听可铮唱,真感到天下有如此美妙的音乐,有如此美妙的演唱和演奏。可铮唱完,鲍德温说:"我想再请你唱一首《幻影》(*Der doppelganger*)可以吗?"可铮又唱了。这时鲍德温问可铮:"你会唱理查德·施特劳斯(R. Strauss)的歌曲吗?"可铮选了2首歌《黄昏之梦》(*Traum durch die dammer-ung*)、《我怀着爱在胸中》(*Ich trage meine minne*)。鲍德温又问:"你能唱勃拉姆斯的歌吗?"可铮就选了勃拉姆斯的《四首严肃的歌》中的第3首《噢,死亡,你是多么苦涩》(*O Tod, wie bitter bist du*)。可铮是用半声(Mezzo vocen)唱法来演唱的,这种唱法在演唱中属最高级的技巧。可铮运用自如,音质优美动人。鲍德温听完激动地从钢琴椅子上站起来走上前热烈地拥抱可铮,跟可铮说:"您唱得太好了,您是男低音,但有了不起的头声及半声的技巧,您是大艺术家的演唱,十分伟大,您的气息运用胜过许多国际著名的歌唱家,今天我听到您那宽厚的气息,很长的乐句您都没有换气,用一口气唱完,您还富于表情,我发现每当一句乐句唱完时,您还存有余气,这就是您的表现,您有了不起的技术。"他又说:"您确实唱得好极了,是大艺术家的歌唱,无懈可击。特别是在用德语的吐字方面,也是十分完美的。您应该去欧洲唱,您去欧洲唱也是最好的。您为什么不去欧洲唱?您应该去!"他用此话问了两次,可铮都没有回答,他感到奇怪,他再一次地问,因当时系领导坐在台边,脸色已不好看,可铮看了一下系领导,他不能说系领导不让我出国,但他又不能不回答,便说:"我特别喜欢上海音乐学院。"鲍德温睁大眼睛,惊讶地看着可铮,他不断地耸着肩膀,带着不能理解的表情说:"我真不能理解你。"那天可铮回到家里难受地流了泪,因他没有讲心里的真话。

1988年上半年的一天,可铮正在上课,院长办公室的人突然找可铮说:"今天晚上你要去云峰剧场演唱俄罗斯歌曲,招待列宁格勒政府代表团。上海和列宁格勒已结为友好城市,这场演出很重要,你要唱《跳蚤之歌》,其他曲目你自己决定。"原来上海合唱团的独唱演员突然生病,不能演出,这是又一次地要可铮救场,而且要用俄语演唱。当天晚上可铮唱了《跳蚤之歌》,又唱了《祝福你森林》。记得那天可铮唱完,列宁格勒政府代表团的全体成员都站起来热烈鼓掌,他们邀请上海合唱团和这次的男低音独唱演员去列宁格勒演出。很快上海合唱团全部演员都去了列宁格勒演出,只有可铮一人留下,据说是学院不同意可铮去。

1988年7月,可铮又带了10位学生赴深圳、珠海、斗门、中山、佛山、广州、厦门、宁波等城市举办不同形式的音乐会。他一直认为这是声乐教师的职责,学生只在课堂内学习是不够的。声乐是一门表演艺术,学生在课堂上学习后,一定要不断地上舞台锻炼和实践,这样才能培养出好的歌唱家来。即使毕业后当老师,也要唱得好才能教得好。

这里我要特别提到一件事。1988年7月,可铮带了5位学生到宁波开师生音乐会,受到宁波听众热烈欢迎。这件事让宁波大学时任校长朱兆祥先生知道了。朱校长不仅是一位著名的教育家，还是一位热爱艺术的教授，他一直认为大学一定要重视美学教育，才能培养出德、智、体全面发展，有素养、有品位、有道德、有文化、有专业知识的人才。7月份正是大学期终考试的时间，他邀请温可铮带学生到宁波大学开音乐会。并下令这天全校停止考试，全体师生一定要来大礼堂听音乐会，如有学生不到场即作旷课处理。这件事至今让我感动万分。我们多么需要有这样领导水平的校长啊，需要有这样充满高尚文化气氛的大学啊！

1989年3月，可铮应邀赴香港中文大学音乐系讲学，并举办了大师班。中文大学面向大海，校舍、校园都非常漂亮。我们住宿在专家楼，用餐在专家餐厅。每次上大师班课，音乐系把学生名单、声部、演唱曲目都印好，交给可铮。可铮深入浅出地讲解，再加上他自己的示范，受到全系师生热烈欢迎和赞扬。后又去了香港浸会大学讲学，并举办大师班。

4月，又应香港市政总署之邀，在香港大会堂举办温可铮独唱音乐会，受到香港音乐界热烈欢迎及好评。当时中文大学罗炳良教授告诉可铮："我们曾在1988年就通过香港新华社到上海音乐学院请你来讲学开大师班，但你开出的讲学价钱比杨振宁还高，我们只好作罢，不敢请你了。"可铮说："我一点不知道有此事，也不知道你们邀请我讲学开大师班，这件事可能有上海音乐学院的某人在作怪，不希望我太出头露面吧。"

1989年7月，在北京录制俄罗斯浪漫曲共29首。

1989年底，上海的海文音像出版社出版了《当代声乐大师温可铮演唱中国艺术歌曲与意大利歌剧咏叹调精选集》录

1989 年 3 月,在香港大会堂举办个人独唱会

音带 2 盘,指挥侯润宇。

　　1990 年,可铮不停地举办音乐会。1 月在厦门鼓浪屿音乐厅举办了独唱音乐会,又带学生去复旦大学、上海第二医学院、上海第一医学院、上海交通大学、上海师范大学和无锡举办温可铮与学生音乐会。4 月在上海戏剧学院演出大厅,可铮和俞子正与日本黎明女子合唱团同台演出。

　　1990 年 5 月,上海市对外文化协会组织了一个演出团,赴深圳、广州演出,可铮和我都参加了。在每场的演出中,可铮都受到观众热烈欢呼,返场演唱多次。回沪后市政府有关部门听到汇报,就想到搞一场庆祝可铮演唱 50 年、教学 40 年的音乐会。由可铮出面和上海市对外文化协会一起邀请各国驻沪领事参加。第一场音乐会领事馆的领事和夫人都接受邀请,并出席了这场音乐会。第二场举办实况广播音乐会,节目主持是优秀播音员杨新宁、张培,另有一位英语翻译。两场音乐会受到热烈欢迎及好评。

在庆祝温可铮演唱 50 周年、教学 40 周年音乐会上

　　音乐会结束的第二天,在新锦江大酒店举行了酒会,邀请各国驻沪领事和夫人参加,各国领事高兴地接受邀请。上海市刘振元副市长和谢丽娟副市长都参加了音乐会及酒会。刘振元副市长还关切地问可铮生活上有什么困难?可铮说:"因近年来常去国外演唱,国外的音乐家朋友或记者常会到我家来访问。我家四口人住一大一小两间房,厕所和同楼层邻居合用,烧饭就在房门口走廊里。一次一位香港记者曾写稿说,中国著名歌唱家温可铮在'达摩洞'(少林寺练习武功的洞穴)里练功夫。我知道后,心里很难受,我不是为自己着想,而是不愿意让国家丢脸。"不久市里来人调查,一看情况的确是这样。市里分了一套浦东的房子给学院,要学院自己调整,这才帮助解决了我们的住房,把 3 楼一层分给了我们。

20 世纪 90 年代演唱会

演唱歌剧《白毛女》杨白劳的唱段

1990 年 8 月,上海市高等学校职务评审委员会聘可铮为音乐学科评审组成员。可铮对我说过,让我当评审高级职称的成员,这是人民及领导相信我,我一定做到公平又公正,杜绝走后门。

1990 年 9 月,第四届澳门国际艺术节,北京中央广播乐团指挥袁方请可铮演唱由袁朝所谱曲的一组《人生》(共 14 首)歌曲,词作者是葡萄牙著名文学家。这组歌曲是由男低音独唱,曲调和曲式富于印象派,可铮花了很多时间练习这组作品,最后在艺术节上演唱,受到澳门音乐界及听众极高评价。

1990 年 12 月 1 日,上海音乐家协会、黄浦区图书馆、东岸画院联合举办温可铮声乐、书画、教学艺术沙龙。开幕那天除了展出可铮的画,还展出可铮演出活动、讲课等照片,又有部分学生和他自己的演唱音乐会。

1990 年 12 月 5 日,上海音乐学院颁发可铮荣誉证书,表彰他为音乐教育事业辛勤奋斗几十年,为培养音乐人才和发展音乐教育事业作出的积极、可贵的贡献。

1991 年 4 月,上海市精神文明建设活动委员会、中共上海市委宣传部、上海市妇女联合会,授予我们家 1990 年度上海市"五好家庭"。

1991 年 5 月,为纪念奥地利作曲家莫扎特逝世 200 周年,在上海锦江饭店小礼堂举行纪念音乐会,可铮参加演出并担任大会艺术顾问。接着又去北京参加北京举办的纪念莫扎特逝世 200 周年音乐会,演唱于北京音乐厅。

1991 年 4 月,荣获上海市"五好家庭"称号

五

除了唱歌,可铮的另一大爱好就是绘画。

可铮是这样说的:

"中国书画家秦仲文先生是我的表叔,也是我作画的启蒙,我的山水技法是从他那里学来的,我的绘画艺术能够入门,要归功于我的表叔。

"家父温志贤,一生以收藏并鉴赏中国书画为乐。我从小就经常随父亲逛琉璃厂买画,或去故宫看画。父亲同著名画家来往时,我都有幸在场,他们谈古论今,令我耳濡目染,不自觉地同书画结下不解之缘。

"对我的绘画艺术有影响的长辈有两位:一位是我的岳父王子扬先生,另一位是我的姨夫李咏森先生。

"王子扬先生是清朝大画家王石谷第 10 世孙,对诗词书画都有研究。老人家擅长画梅,在我的绘画过程中,不时提供指导,使我受益良多。

"李咏森先生是中国水彩画领导有代表性的画家,他对中国传统画技法也深有心得。我常在他老人家身旁看他作画,因而得到许多好处。

"对我画画鼓励最大的是程十发先生,他为我的画展题了词。

"'歌唱和音乐'是有声的诗词书画,'诗词书画'则是无声的歌唱和音乐。它们的艺术境界是一体的,是密不可分的。画画带给我很大的安慰,就像唐代诗人王维说的'诗中有画,画中有诗'。我觉得书画是视觉的,能让人静心。歌唱是有声的,是听觉的,能给人愉悦的心情。两者都是能触动你心灵的东西,所以我都喜欢。"

绘画和歌唱占据了可铮的大半生。他不是动口,就是动笔,游弋其中,乐此不疲。我经常站在他身边看他画画,甚至为他磨墨,帮他裁纸,陪他去装裱字画,和他一起去上海博物馆或美术馆看画展。

1991年3月15日,新加坡佳音合唱团30周年团庆,特为基督教长老会乐龄园筹募建筑基金,邀请可铮和我赴新加坡大会堂举行独唱音乐会,同时在大会堂楼下举办温可铮个人画展。新加坡地方虽小,但是个非常清洁、秩序井然、管理先进的国家,我们来到这里受到热情的接待。音乐会之前,楼下画展揭幕,来参加的客人很多,新加坡文化部部长何家良先生亲自主持。画展之后,全体上楼听音乐会。佳音合唱团的团长、指挥,著名作曲家丁祝山先生及合唱团员为画展及音乐会做了许多工作。画展及音乐会都获得极大成功。最后何家良

可铮的绘画作品

可铮的书法作品

先生题词"多才多艺,不可多得"。

　　一天,上海美术馆馆长、艺术评论家丁羲元先生来我们家看望可铮,可铮正在全身心地挥毫泼墨。丁先生进门看到,特别惊讶,他没有想到可铮会画,而且是中国传统的山水画。丁先生一定要看可铮装裱好的画,他看后不停地说没想到画得这么好,你给我几幅画,我要给上海画院程十发院长看。程十发院长看后特别欣赏,他要可铮到上海画院开画展,由他主持。可铮一听到此事,觉得画画是自己的业余爱好,要到上海画院开画展,他不敢在"关公面前耍大刀"。他对程院长说:"上海画院有许多著名画家,我只是喜爱动笔画画,尤其在我唱完歌后,我立刻会静下心来想画,我的画拿不出去,开画展更不好意思了。"程院长说:"我喜欢你的画,不拘一格,你的画有想象力,没有拘束,你想画什么就画什么,有国画的传统,也有技术。让我们画院的画家看一看歌唱家画的画。"可铮从

与著名画家程十发在一起

此认识了大画家程十发院长,还数次登门求教,获益匪浅。程十发院长对绘画艺术见解精辟,他的绘画理论深入浅出而又耐人寻味,随意道来却有无尽哲理。可铮从中不仅学到绘画的真谛,而且学到人生处世的哲理。

可铮开始认真整理、挑选、装裱自己的画。

1992 年 7 月 11 日,我突发急性胆囊炎,送进中山医院。在做全身检查时,可铮在上海画院的画展揭幕。我向医生请假,可铮带着我去看了他的画展。这次画展,程十发院长亲自主持并作序。

程十发院长的序是这样写的:

> 温可铮教授是蜚声国内外的声乐家、教育家、男低音歌唱家,他的艺术和歌声使人醉心和倾倒,不必再由我这个音乐的门外汉多作介绍。
>
> 然而,我对温教授产生一种敬仰之心,是因为他对中国绘画艺术的研究和修养。这里展览的作品是温教授在他从事音乐事业之外的"第三产业"。
>
> 他的画笔是不凡的,看到他对中国传统艺术的热爱和追求,使我猛省到不管什么艺术,不管是哪一位艺术家,他们都是从母亲的乳汁中取得营养而成长起来。
>
> 传统的山水画,能够结合在温教授的歌声里,同时也是以他雄伟的歌声融汇在他那中国传统笔墨里,使人丰富了对温教授的艺术修养的深一层认识。

当您认为我说的是真诚的话的时候,您也一定
在画面中听到了天籁和淳美的歌声。

可铮的画展非常成功,上海音乐学院听说可铮在上海画
院开画展,特别惊讶,因为从来没有人知道他会画画,为此上
音还送个大花篮表示祝贺。

1992 年 8 月,新加坡又一次邀请可铮去举办独唱音乐会
及开画展。可铮陪我在中山医院开刀做手术后便一人去新加
坡,请张少珊钢琴伴奏。

1992 年 8 月,在新加坡大会堂举办画展及独唱音乐会

在可铮去之前,又接到美国康奈尔大学音乐系邀请函,邀
请可铮再一次去开大师班及独唱音乐会。美国领事馆的签证
也很快签出。所以可铮在新加坡的音乐会和画展刚结束,就
立刻赶回国,忙着准备赴美讲学的材料及音乐会的曲目。

我这次的胆囊摘除,手术较大,已经在中山医院住了一个

多月。进手术室时，可铮带着女儿兰兰站在我身边，他担忧地拉着我的手，关切地看着我说："我们在手术室门外等你。"当我在病床上醒过来时，可铮笑着低下头，在我耳边说："你从手术室出来还没醒，当时你的脸色苍白，躺在手术室推出的病床上，我的眼泪控制不住往下流，万一你醒不过来，我该怎么办？我不能没有你。我真怕你死去，真怕你离开我。现在好了，你醒过来了。我那一颗悬着的心总算放下了。"我有气无力地说："你放心，上帝不会让我走的，我们还要在一起做许多事呢！你还要唱到老，唱到死呢！放心去新加坡把音乐会和画展开好，上海有兰兰和温铮照顾。"这年的夏天特别热，兰兰每天中午蹬着自行车，她满头大汗，浑身湿透，冒着高温给我送不同的营养汤，温铮每天下班从宝山赶来医院，帮我擦身，扶着我走路，两个孩子的尽心照顾，使我感动。再有我的大弟王达和弟媳金伟莉，小弟王进和弟媳葛建娣，妹妹王迪都来轮流照顾。出院的那天，兰兰和温铮帮我办好出院手续，我的学生顾昀的妈妈李志青开车接我回家。

　　我回家休养了约一个多星期，可铮就从新加坡回到上海。他告诉我："音乐会和画展都很成功，遗憾的是你不在我身边。"接着我们就准备再一次赴美国康奈尔大学讲学及开大师班。

第七章 花甲游学

一

　　1992年9月,可铮和我再一次赴美。我们在阿拉斯加换飞机,这次在机场休息1小时,我们随意逛商店,看到喜欢的零食就买一些。想起1984年那次赴美,两个人口袋里只有20美元,连买一瓶饮料都不敢,和今天相比真是天壤之别,心中感慨万分。近黄昏时我们抵达纽约,可铮的学生戴小平和可铮儿时的金兰之契、好友姚学吾和夫人陈霞如来机场接我们。学吾和霞如接我们去他们家住,他们家在纽约市上州威郡(Westchester),离市区较远。学吾的女儿文心、女婿小陶、小外孙安迪,都在家中等待着,欢迎我们的到来。我们在比亲人还亲的学吾家中感受到深深的友谊。可是我突然发烧了,大家都忐忑不安,怕我刚手术后身体没有恢复,加上旅途辛苦,如真出问题,我们刚到美国没有保险,看病是看不起的,我心中也着急。还好,我在床上躺了3天,烧总算退了。

我发烧在学吾家休息的3天中,学吾带可铮去威郡合唱团,向全合唱团介绍可铮,大家热烈鼓掌欢迎可铮唱歌。后来威郡合唱团团长黄丽东女士及威郡中文学校校长高为量女士,见到我都说:"听温可铮老师唱歌真是一种享受,技巧好,声音美,情感丰富,表演又好,真是一流的歌唱家、艺术家,是中国的国宝,是我们中国人的骄傲,外国音乐评论家对温老师的评论是中国的夏里亚宾、低音歌王,真是受之无愧。"

我的身体恢复后,可铮和我就动身乘坐"灰狗"长途汽车去伊萨卡康奈尔大学音乐系报到。可铮又一次来到康奈尔大学音乐系,受到全系师生的热烈欢迎。我们仍旧被吴瑞兄接回家中居住。当时瑞兄的母亲严彩韵刚退休,从纽约搬来和瑞兄同住。老人已80多岁,但身体很好,思维清晰。她是美国著名的营养学家,所以特别注意食品的营养。早餐是燕麦片加上一些杂粮,少许葡萄干、牛奶,煮成麦片粥。每隔一天一个白煮蛋。中午餐可铮和瑞兄是带面包夹香肠及一只苹果,我们在家中也是如此简单。晚餐就由我炒菜,都以蔬菜为主。每星期去中国餐厅吃一顿中国菜或西菜。

瑞兄的妻子克莉斯蒂娜在家中要照顾两位老人,一位是住在她隔壁房子的老母亲,一位是瑞兄的母亲,她非常辛苦。我就提出瑞兄的母亲由我来照顾,每天的中饭和晚饭由我负责。可铮和瑞兄每天一早去大学上班,生活安定,有规律。克莉斯蒂娜生长在英国,她父亲是外交官。在第二次世界大战德国希特勒军队侵犯英国时,克莉斯蒂娜的父亲让她的母亲

吴瑞、温可铮、我、吴瑞母亲（严采韵）、吴瑞女儿、吴瑞妻子（左起）

带着她和弟弟离开英国去美国。而她的父亲在德军轰炸伦敦时被炸死。她的母亲在美国纽约靠在银行工作，艰辛地带大两个孩子，让他们受到最好的教育。瑞兄就是在美国读书时认识她，后结为一对幸福的夫妇。他们有一对有才华的儿女。克莉斯蒂娜一有空就教我和可铮英语，晚上窗外大雪纷飞，房间里暖洋洋、热融融，充满欢笑和歌声。这是天堂里的生活，平安喜乐。

可铮在康奈尔大学大师班（Vocol Master Class）讲学，9月27日、10月30日在巴奈尔礼堂（Banall Hall）成功举办了两场个人独唱音乐会，得到音乐系系主任及全系师生的赞扬。康奈尔大学为此写了一封推荐信给美国移民局说："温可铮教授是一位杰出的歌唱家及声乐教授，是位杰出人才，请他留在美国将对美国的教育事业有很大的贡献，请允许给他们办理绿卡（长久居留证）。"

2001 年 8 月 31 日,"义结金兰"的可铮、吴瑞(中)、姚学吾(右)三兄弟在一起

与美国的学生戴小平(后左)、火磊(后右)、马克·维塔莱在一起

可铮和我从伊萨卡回到纽约,再度住在可铮的好兄弟姚学吾教授家,最初我们还准备回国。在一次聚会中,我们认识了在联合国工作的朋友赵平望及傅运筹先生,他们听了可铮歌唱后激动万分,便向联合国有关机构介绍了可铮,联合国总部就邀请可铮于1992年11月10日在联合国总部大厦马尔绍演奏厅(Daj Hamarskjold Hall)举办个人独唱音乐会,同时在礼堂外的长廊举办画展。那天的观众绝大部分是在联合国工作的工作人员及各国使者。他们看完画展又进入演奏厅听独唱音乐会,每个人都惊叹不已,中国究竟是怎样一个伟大的国家,中国怎么能有这样伟大的富于艺术天才的艺术家!画展中的画描绘的是中国传统的水墨山水、人物、花鸟及书法,展现的是中国艺术家的高雅文化、情操、修养和品位。在音乐厅里听到的是不同风格、不同语言的西洋古典歌曲和富有中国特色、中国风格的民歌。他们惊叹中国的歌唱家,歌唱得如此动人心弦,技艺精湛,强弱声气息控制得如此之好。西洋古典文化和中国传统文化是如何贯通和结合在这位伟大的艺术家、歌唱家的身上的?在联合国参加观赏画展和聆听音乐会的观众一直在惊叹中不断地思索着……

最后,联合国教科文组织及联合国中国书会给可铮颁发了杰出表演艺术家奖。这个奖不仅是可铮的荣耀,也是我们中国人的荣耀,可铮又一次为中国争了光。联合国总部的演出,在纽约反响很大,尤其是让纽约的华人感到骄傲和荣耀。

1993年4月,由纽约华夏艺术总会主办,由董龙灿先生邀请,可铮在卡内基音乐厅(Carnegie Hall)举办了一场独唱音乐会。卡内基音乐厅是世界上所有的音乐艺术家所向往的音乐

1992 年 11 月,在联合国总部大厦马尔绍演奏厅举办独唱音乐会

获联合国颁发的杰出表演艺术家奖

殿堂,能在卡内基音乐厅演唱,尤其是一场独唱音乐会,这说明演唱家的音乐演唱水平是世界一流的,不然一位演唱家也不敢贸然在卡内基音乐厅举办独唱音乐会。在举办音乐会之前,纽约华夏艺术总会还举行了记者招待会,向纽约媒体介绍、宣传可铮的演唱、才能、经历及成就,特别是在联合国总部演唱的评价及盛况。同时我们也积极努力地准备这场可铮梦想、盼望已久的独唱音乐会。

但在这场音乐会即将举行的前两天晚上,可铮突然脚痛得站不起来,大脚趾红肿。我们急得不知所措,只有不断地祈祷他能平安。

演出前一天的上午,有位刚认识不久的《世界日报》资深记者李勇先生知道了此事,他立刻来看可铮,告诉可铮,你是尿酸过多,犯的是痛风病。为了明天晚上的音乐会获得成功,他立刻开车带可铮去看医生,请医生给可铮打了一针"封闭"的药。不久可铮可以站起来,也能忍受一点点的疼痛。当晚的音乐会获得极大成功,当我们走出后台,休息大厅里已经挤满了观众,大家等待着见到可铮。

见到我们出现,许多认识的和不认识的朋友、观众,尤其是可铮的老同学、老朋友和一些崇拜者,都拥向我们。鲜花、握手、拥抱,祝福声、赞扬声,场面极为热烈,很多朋友和我们都被感染得热泪盈眶。我们多年努力,执着追求,向往有朝一日能在这神圣的音乐殿堂举办独唱音乐会,我们实现了,成功了!

在联合国总部的音乐会和画展,以及这次卡内基独唱音乐会的那两个晚上我们都彻夜未眠,兴奋、幸福、喜乐。过去

1993 年 4 月，在卡内基音乐厅举办独唱音乐会

的受难、委屈、坎坷，没有使我们丧志，而是鞭策我们更要努力。多少年来，我一直默默地站在可铮身边，支持、帮助可铮达到他所坚守的目标及理想。今天我们初步做到了，虽然只是一个开始，但却鼓励我们更坚定更有信心地走下去。

纽约长岛有个很出名的艺术沙龙，是由一对犹太老夫妇主持。他们有很大的房子和花园，客厅里放了两架"斯坦威"的演奏大钢琴。这两位 80 多岁的老人，他们没有孩子，但执着地热爱艺术，热爱他们喜欢的一流的艺术家。在楼上的客厅及走廊四周墙上挂满了画家的水彩画或油画，不定期地展出新的画作。楼下大客厅举办声乐独唱会，或小提琴、大提琴、钢琴独奏会。许多艺术家都被邀请到这里来演唱或演奏，被邀请者都引以为荣。在一次音乐会上，两位老人听到可铮的演唱，感到特别惊奇，想不到中国有唱得这么好的男低音。他们就邀请可铮和我到他们的艺术沙龙去举办一场个人独唱音乐会。会后他们也给美国移民局写信，极力推荐及赞美可铮是一位杰出人才,希望移民局发给我们绿卡。

曼纳斯音乐学院的拉万教授这时也写了一封信给移民局,极力介绍可铮是一位杰出的声乐教授,是一位艺术大师,希望把他留在美国,发给他们永久居留证。

与美国声乐家协会主席拉万教授合影

不久,我们接到移民局通知,要我们去指定的地点拍照、按指印,这就意味着我们的绿卡已获批准。

二

要在美国定居是多么不容易,这时我俩都是超过 60 岁,应该退休的年纪。可铮说:"60 多岁,我们自费留学。我不顾自己年事已高,任何课都要去聆听,歌唱艺术流派纷呈,博大精深,无边无涯。我要学到老、唱到老。我搞教学,就好比中医治病,除了要对症下药外,最关键的是要掌握药的剂量是多少。"

为了留在美国,为了实现可铮青年时期就想留学深造的梦想，我一定要找工作赚钱。我们在美国没有亲人、子女，只有靠自己的双手来独立生活和学习。

在纽约开始生活并要站住脚，是多么不容易。一开始只能靠朋友帮助，但我们不能总住在好友姚学吾家中。这时姚太太陈霞如正在她丈夫的弟弟所开的卖咖啡及三明治面包的店里工作，她认识附近一位开冰激凌店的老板小梁。无意中她跟小梁说起我们的情况，小梁很热情地请我们住到她的住所。小梁的先生姓麦，在联合国工作，他们的房子很大，楼下的地下室，放有沙发及电视机，旁边有一小间房，是放洗衣机及烘干机的，小房间里还放有一张三用沙发，她就让我们睡在此。晚上睡觉时，我拉出下面的沙发垫。由于房间太小，我只能拉出沙发垫的大半，可铮胖我就让他睡上面，而我就睡在不能随便翻身的沙发垫上，每次翻身都要坐起来才行，这样持续了 3 个多月。

最使我们高兴的是，在他们上班及两个孩子上学时，我们可以上楼用客厅里的大钢琴练唱、练琴。当他们的孩子放学回家后，我要帮女孩子练琴，帮拉小提琴的男孩子合钢琴伴奏。

早年，可铮在南京鼓楼礼拜堂担任唱诗班指挥时，唱诗班中有位姐妹名曹琳秀，她正在纽约哥伦比亚大学一个实验室工作。她住在哥伦比亚大学附近一所公寓里，为一位老先生看守房子。这时她要回国探亲，就打电话问我们是否能帮助她看守房子，时间是 1 个月，我们立刻答应，因我们也不想再继续打扰麦先生和小梁。住在曼哈顿区离哥伦比亚大学近，可能有机会学些东西，最重要的是我们要独立，要学习，要奋斗。就这样我们搬到公寓居住。

为了能在纽约安定下来，我就要多教学生，多赚些钱。

一次，朋友介绍我去一家从香港移民到纽约的家庭。她有3个女儿要学钢琴，这对我来说是个好机会，我立刻就接受了这份教学工作。

当我第一次乘火车去她家时，她来车站接我，一坐上汽车，她就边开车边不停地训斥她的丈夫，让我感到很惊讶。

她的家很大，有巨大的花园，屋里有一间音乐室，室中有一台三角钢琴、一台立式钢琴、一台电风琴。

当我走进音乐室，她的大女儿（只有12岁）大声说："妈妈，你叫一个老太婆来做什么？"她说："这是教你们钢琴的老师。"我忍住没说话，让大女儿先上课。大女儿说："我不要学。"我说："你不愿意弹琴，那我来弹吧！"我不理她，只是一曲一曲地弹我的曲子。突然大女儿走到我的身边说："你弹得真好听！"我还是不理她，继续弹我的曲子。她按捺不住地跑过来，拉着我的手说："老师教我弹吧。"我用美妙的音乐征服了她。我看着她可爱的小脸，心就软了，开始教她和她的两个妹妹。每次我去上课，她都主动给我开走廊的灯，并叫她妈妈给我倒一杯水。

一次我去她家，她妈妈以炫耀的口吻说："我们上星期在家中开了一个很大的派对（Party），请的都是美国人。"我问："为什么不请中国人？"她说："我不喜欢中国人。"我心中立刻升起无名的火，便问她："你是什么人？你难道不是中国人吗？你应该去美容，把鼻子填高，头发染黄，眼珠换成蓝色的。"那天晚上上完课，我从走廊走出，她突然把走廊的电灯关上了，我眼前漆黑,头还撞了一下墙。当她送我到火车站,我严厉地对她说:"我决定从下星期不再教你女儿学钢琴了。请你不要用你那瞧不起中国人的思想、行为去影响你的女儿。今天我告诉你,你生是中国人,死是中国人,永远不会改变。"

过两天她打来电话求我去教钢琴,我说:"我只教中国人,我不教瞧不起中国人的人和崇洋媚外的人。"她接连三四次打电话,还说要请我吃饭,但都被我拒绝。许多朋友劝我,你现在需要钱。但我身为中国人,不能为五斗米折腰,更不能被侮辱。

威郡中文学校校长高为量女士是女高音歌唱家,毕业于朱莉亚音乐学院,她来自中国台湾地区。为了让出生于美国的中国孩子能学好中文,更好地了解中国传统文化,她就在威郡办了一所中文学校,孩子们在学校除了学中文外,还要学唱中国歌曲、中国民歌,学中国民间舞,学中国画及书法。就是通过这些学习,让孩子们学习中国母语,不要忘记自己是生长在美国的中国人,是炎黄子孙。

孩子们的家长每星期六早上 8 点送孩子们去中文学校,然后去中国超市买足一个星期的食物,10 点钟家长们回到学校,有的学太极拳,有的学舞蹈,有的参加威郡合唱团。可铮和我从康奈尔大学工作结束后回到纽约,我有幸被聘为威郡中文学校学生合唱团及威郡合唱团的钢琴伴奏达 8 年之久,一直到离开美国回国。

由于许多家长知道我是从上海音乐学院来的教授,又看到听到我弹钢琴的表演,逐渐有家长请我教他们的孩子弹钢琴。

每个星期六，我清晨5点起床，把可铮两天的饭菜烧好，放入冰箱。我自己做了中午餐，面包夹红肠及蔬菜。可铮送我到44路公共汽车站，我坐5站，到皇后区法拉盛（Flushing）地铁的终点站，坐上地铁一直到曼哈顿的中央车站，再转乘火车到威郡，有位家长等在车站，接我一起去中文学校上课。中午放学，我就跟随一位家长回家，他们吃午饭，给我一杯茶，我就吃我自己准备好的午餐。接着开始教钢琴，结束后这位家长就开车送我去下一个学生家。由于我安排的学生互相住得不远，所以一下午我教了6位学生。最后2位学生是两兄弟，教完后，他们的父亲送我去姚学吾家。因时间已很晚了，霞如把饭菜给我留着，吃完，我就教安迪学钢琴。之后就是和他们全家在一起快乐聊天的时间。晚上就睡在客厅的沙发上。第二天早餐后，一位家长来接我，上午教4位学生，下午教3位学生，然后一位家长送我到火车站，回到44路公共汽车站已是晚上9点30分，可铮早已在车站等我。每次来回的时间是2个小时。他看到我从汽车上下来，总是又高兴又心疼地拥抱我一下，然后拉着我的手，一起慢慢地走回家。20分钟的路程，路上没有一个行人。他为了我的安全，每次都是如此地接送。夏、春、秋天还可以，但纽约的冬天非常冷，而且常下雪。下雪的冬天，站在火车站等候火车到来时，寒风刺骨，有时会想，我这么大岁数还在异国他乡吃苦。但我想到可铮这么刻苦，为了学习，常手拿一个面包、一瓶水在音乐图书馆找乐谱、唱片，想到此，我立刻会坚强地打起精神。

威郡区的一位朋友介绍我去导演李安家。他有两个可爱、懂礼貌的儿子想要学习钢琴，我答应了这个邀请。一天，李安先生的夫人林惠嘉女士给我打电话,跟我约定上课的时间。第一次由于我不熟悉他们的住所,所以惠嘉告诉我在曼哈顿中央车站李安先生会接我去他们家上钢琴课。我在中央车站见到李安先生,他穿着朴素,谈吐文雅,极有修养和礼貌地带我并指引我,坐火车到拉奇蒙特(Larchmont)下车,打出租车先去学校接小儿子石头,然后回家上课。当给石头上了一半时候,他的大儿子放学骑自行车回家。当我快要下课时,石头已打电话为我叫了出租车。时间计算得非常准确。因为父母以身作则,家庭和谐、幸福,充满着爱,所以两个孩子都教育得好,学钢琴用功,进步很快。

　　纽约威郡中文学校的高为量校长,有一次找我谈话。她说:"我推荐你去一家美国犹太人的家庭去教中文。"我说:"我只会教钢琴,从未教过中文,我不能去。"高校长说:"他们提出的要求,是要会说一口纯正的北京话,字正腔圆。要会简体字,要会汉语拼音。我们这儿的老师都是台湾人,而你是从上海来的,又说一口标准的普通话,再三考虑,还是推荐你去。"我当时真是赶着鸭子上架,顶着困难做我从未做过的事。

　　这个犹太人家庭,父母加个两个分别在读一年级和二年级的儿子,全家人都学中文。高校长为我准备了国内出版的初级中文教材。我认真在家里备课,还要用简练的英文来解释中文的意思,对我的压力实在太大了。但这也是一次锻炼学习音乐之外的东西的好机会。

　　每星期我去教两小时,一家人都很用功。有一次我问他们,你们为什么要学中文,尤其是两个儿子? 父亲回答我:"21世纪中国一定是经济强国,到那时我的儿子要去中国做生意,不懂中文怎么可以呢?"我听后,恍然大悟,这家人真是有远见。

我和可铮常乘坐地铁去听大都会歌剧院的歌剧,去卡内基音乐厅听音乐会,可铮最喜欢的是去林肯中心的纽约音乐图书馆看乐谱及听唱片。为了省钱,我们常常步行。

卡内基音乐厅的后门对面,有一个音乐书店。我们经常去看各种乐谱。可铮爱不释手,但乐谱实在太贵,我们只有选择最实用的、价钱稍便宜的购买。后经人介绍说曼哈顿有一个大楼里有卖旧乐谱的,我和可铮去了。一座阴森森的大楼,一个人影都不见。走进去还很害怕,但最终在3楼找到了。敲门后,一位中年人开门,走进去只见乐谱堆满地,到处是灰尘。我们如获至宝坐在地上找寻我们需要的乐谱。

后来又得知,曼哈顿有一个卖旧唱片的店,那儿都是原版旧唱片(胶木唱片),演唱者都是老一辈世界著名歌唱家。可铮跟我说:"以前电声还不发达,为这些歌唱家录制唱片时没有任何电声处理。从他们的原声演唱中你可以学习到他们怎么用气息支持、喉咙打开、头声运用等技术。"这些名贵的声乐唱片,都放在书架的最上层。可铮爬上梯子到上面挑选,我怕他摔下来,就用手牢牢地抓住梯子。他选到一张就递给我,我即放在地上,等到估计我俩拿不动这些唱片时,他就从梯子上下来。每次我俩拎4袋唱片从曼哈顿到皇后区,然后坐地铁,走走停停回到家。有人经常会在这个唱片店,看到一位头发花白的老者,爬在梯子上选唱片,这不是别人,正是好学如痴的温可铮。

有一天,我们正在住家附近散步,突然听到远处传来唱赞美诗的歌声,我们循着歌声走去,看见一所不太大的教堂。我俩轻轻地步入教堂坐下,只见一位指挥正在教20多位唱诗班的学员练唱赞美诗。我们感到那位指挥的背影如此熟悉。可一时又想不起那是谁。

和黄永熙博士在一起

歌声停止,指挥回头一看,惊讶的叫着:"啊!温可铮教授怎么是你?你什么时候来纽约的?真是太奇妙了,在这儿见到你。"可铮也是激动地并立刻走上前和他拥抱说:"黄永熙博士,没想到是您在指挥。"黄先生和可铮双手紧紧地握着坐在一起,互道离别之情及来美国的情况。当黄先生知道我们目前的情况后,他说:"我和我太太就住在你所住的公寓隔壁一幢公寓,在这附近有照顾老人的会所,只要年纪超过60岁,每天交1美元就可以去吃一天。"我和可铮都已超过60岁,这以后就天天跟着黄先生夫妇和哥伦比亚大学两位单身教授一起去吃饭。每顿饭都是自助餐。早餐有橙汁、苹果汁、牛奶、咖啡、果酱，及各种面包、红肠、鸡蛋等，中餐和晚餐有牛排、猪排、蔬菜等，营养绝对够了。我们不用自己烧饭，又节约了资金，省去了时间。教会的陈牧师，还答应我们每天可以去教会练琴、练唱，这是我们最高兴的事。

一个月的时间过得很快，曹琳秀探亲时间快到，没有几天她就要回纽约了，我们的住宿又一次面临困难。这时律师事务所又通知我们，因为办绿卡，暂不要离开纽约。而可铮此时一直在思想斗争，是留下还是回国？许多朋友劝告说："办绿卡是来美国的人都最盼望的事，你有康奈尔大学和长岛著名的艺术沙龙推荐，这是求之不得的事，不能轻易放弃，坚持一下吧。"可铮对我说："年轻时多么想去苏联或保加利亚等国留学，学成报效祖国，不但没有实现，还一直怀疑我有'叛国'思想。这次我们如有机会办妥绿卡，就留下来，60多岁做个自费留学生吧！我就想多学一些，研究美声唱法的真缔，以后回国可以更好地报效祖国，只是你跟着我又要吃苦了，生活上的一切都要从头开始，先要找一个住所安定下来。"正在我们急着寻找住所时，黄永熙博士请我们去教会，当时有3位牧师在场，黄博士请可铮唱歌，可铮唱了2首黑人民歌，又唱了1首圣诗祈祷文。3位牧师听后，赞不绝口。这时黄永熙博士道出了我们目前需要尽快解决住所之急。皇后区（Queens）靠近杰梅卡（Jamaica）有所教堂，有位资深的老牧师叫司徒钜勋，他很热情地说："我教会中有位教友，她的儿子在巴西开餐馆，需要她去帮忙，她的公寓正空着没人居住，我去和她商量。"两天后，我们接到通知可以去住，但要付800美元一个月。当司徒牧师知道我们经济拮据，就说："你们自己付400

美元,另外400美元由我们教会帮你们付,但是有一个条件,每星期日做礼拜时,温教授要献唱一首歌,内容由你选择,都要有宗教内容的。王老师要为我们司琴。"我们欣然同意。就在教堂司琴这段时间我受洗成为基督徒。搬到新居后,没有家具,我们买了一张床。这时正准备向可铮学习声乐和绘画的威郡合唱团的黄丽东女士,了解到我们目前的困难,主动对我们说:"温老师我想买你两幅画,一幅我给你钱;另一幅我给你一架钢琴,你们没有钢琴怎么开展工作,怎么进行教学?"她真诚的帮助使我们感动。不久她从家中不但搬来了钢琴,还搬了一些家具及厨房用品,使我们能安心住下。黄丽东和他的丈夫黄航生后来成为我们最好的朋友。

在美国的家中

一次,司徒牧师带我们去一个卖宗教书籍及音乐乐谱的书店,巧遇一位从福建艺校学习声乐的学生孙珊珊,她曾从福建到上海求教于可铮。她告诉我们她已结婚,丈夫是位医生,在纽约的一所医院工作。她激动地说:"在国内我就一直想跟您学声乐,您在国内是教声乐最好的老师,我太有福了,没想到现在我可以在纽约跟您学声乐。"孙珊珊也帮忙搬过来几只沙发,又带我们去商店买了电视及录像机等设备,并介绍了她教会里想学声乐的几位朋友。

可铮开始教声乐,每星期有两天也和我一样乘坐公共汽车再转换地铁,再乘坐火车到威郡,去黄丽东家或阮纳娜家上课,晚上就住在她们家中。她们对老师又尊敬又崇拜,她们说:"温老师不仅是教学,还有老师的演唱和为人的品格,都值得我们学习。"我在威郡钢琴教学后也去为她们伴奏。这里最要写一笔的是林方锦云大姐,她丈夫在联合国负责医疗工作,所以林大姐跟着丈夫驻日本及韩国多年。她喜欢唱歌,可惜没有机会及时间学习,但她一直在唱诗班里唱。我们在美国的前两年,她的丈夫因病去世,她对生活失去信心。正在这时,可铮去威郡阮纳娜家上课,以后黄丽东搬家到纳娜家附近,可铮又在丽东家上课。林大姐的女儿安理听说后,就动员和说服她母亲学唱。林大姐带着试试的心情来上课,那时她已 60 多岁。对可铮来说要教老人唱歌,的确是个新课题。但林大姐声音条件好,在唱诗班里唱了几十年,音乐基础、音准、节奏、乐感都好,加上她勤奋用功,即使在烧饭、炒菜时都在背歌。林大姐学唱后,精神焕发,身体健康,是一位让大家尊敬的,又是唱得最好的学生之一。

黄丽东和黄航生夫妇,帮我们安排生活,介绍学生,使我们在这个人地生疏的城市安居下来。她也酷爱唱歌,是一位唱得很好的抒情女中音。她为了学唱,辞去工作,提早退休,并帮助我们成立纽约华人爱乐合唱团。在我们大家的共同努力下，合唱团的合唱水平提高很快，我们从 1996 年开始，在卡内基音乐厅、墨尔金音乐厅及皇后学院（Merkin Concert Hall）列弗拉克音乐厅（Lefrak Concert Hall）等举办合唱或师生同台音乐会。每次音乐会都受到观众热烈欢迎。

三

在美国，可铮除教学外，也到美国各大城市举办独唱音乐会，还经常回中国举办音乐会。又去法国、奥地利等国演唱及考察访问。

1993 年 9 月 26 日，可铮到底特律市举办个人独唱音乐会。底特律华人佳音合唱团参加一组合唱及为可铮伴唱。美国 WQRS 广播电台专访可铮，并在广播中 8 次介绍他的演唱及对他的认识。

1993 年 12 月，应新泽西州杜鲁大学音乐系之邀，为该系举办学术性俄罗斯声乐艺术作品专题个人演唱会。

1994 年 11 月 11 日，卡内基音乐厅，应邀在清唱剧《长恨

1994 年 11 月，在卡内基音乐厅参加清唱剧《长恨歌》的演出

歌》中扮演唐明皇（男低音独唱），扮演杨贵妃的是邓桂萍（女高音独唱），作曲是黄自，指挥是黄永熙，钢琴伴奏是林霭玲。

1994年12月，应纽约威郡圣乐团之邀，担任亨德尔作曲的《弥赛亚》中的男低音独唱，管风琴伴奏及指挥是美国著名音乐家和理论家罗伯特·切斯。

1995年7月，我们应邀去法国参观访问和交流。经济赞助就是前面我曾提起过的法国华人商会会长曹其钧先生。在巴黎，我们除了参观音乐学院和艺术馆、博物馆外，可铮还为法国的声乐学生上课。记得一次和法国籍的意大利人、法国著名男高音歌唱家阿兰·万佐（Alain Vanzo）交流声乐问题。阿兰·万佐教授听可铮唱完几首歌后，激动地抱着自己的头，大声地说："上帝啊！怎么这位来自东方的歌唱家的嗓音如此年轻而富有魅力！他的歌声即使在意大利，在欧洲也是绝无仅有的。"谁能相信当时可铮是67岁的老人。而国外有的著名歌唱家，在60岁时就举行告别演唱会了。

和法国著名男高音歌唱家阿兰·万佐在一起

1995 年 8 月，应奥地利维也纳舒伯特音乐学院之邀，我们去维也纳参观访问并交流。他们对可铮演唱的德国艺术歌曲也是赞不绝口。唱德国艺术歌曲常要运用半声的演唱技术，声音要圆润、柔和，乐曲的线条要非常连贯，发出的每一个声音绝对不能冲击，好似你手里抓着一只鸟，又不能让它飞了，但又不能抓得太紧，把它捏死，而是恰到好处。这样的技术，不是一天或两天能练出来的，需要长年累月的训练。学声乐的都知道这是声乐（美声声乐）中最难练的，也是最难达到的技术了。而可铮在演唱中最拿手的，也最驾轻就熟的半声唱法，是所有声乐专家、歌唱家，及广大爱好声乐者都一致赞美和夸奖的。中央音乐学院著名声乐教授沈湘教授曾说："温可铮演唱的中国歌曲吐字清晰，男低音运用头声是如此好，半声的演唱技巧，在全国我还没有听到像温可铮这样的演唱。"

记得有一次，可铮应纽约华美协会之邀，赴纽约上州威郡中心的白平源市剧院（Westchester County Center）演唱，其中唱了一首《老人河》（*Old man river*）选自美国音乐剧《秀船》（*Showboat*）。当可铮唱完走下舞台，《纽约时报》的一位女记者立刻采访可铮。她说："你刚才唱的《老人河》，实在唱得太好、太感人了，你使我流下激动的泪水。但我不能理解，中国没有密西西比河，没有贩卖黑奴的事，文化根基也不一样，那你是用什么感情来演唱这首歌呢？为什么你能打动我们的心？是否你在中国的'文革'中受过很多苦，所以你能唱出这样的深沉、痛苦的感情来。"可铮笑着回答："你知道中国有黄河、长江吗？我曾亲眼看见纤夫们在长江及黄河两岸高低不平的碎石路上，光着脚丫，光着膀子，汗流浃背，拉着纤绳，一步一步地向前走,这让我对你们国家当时黑人的处境能完全理解。您提到中国的'文化大革命',对我来说,只不过是做了一个梦。"

可铮在纽约抓紧一切机会学习,听大师上课,如:意大利著名女高音歌唱家阿尔巴尼斯、美国著名男低中音歌唱家杰·罗曼汉斯、意大利著名男高音歌唱家贝尔冈齐。听课的学费很高,但他尽量在生活上节约开支,只要对声乐上有益的就毫不犹豫,即使花大价钱也要去学习。

我曾问他:"你是怎样听课的?"

他告诉我:"我每次去听课都非常认真,来大师班上课的学生都是朱莉亚音乐院声乐系的学生和大都会歌剧院的青年演员。演唱的曲目大部分是歌剧咏叹调,也有个别的演唱艺术歌曲。当他们演唱时,我会集中思想认真地听,就像我在给学生上课一样,我听他们演唱中声音的运用、技巧、乐感、吐字,及乐曲处理、台风等,我都会记在本子上。我听他们的优点及不足之处,我在想我应该如何教?存在的问题如何解决?然后我听大师讲,我就把我所想的和大师讲的'对号'入座,不同之点看大师怎么教?存在的问题如何解决?是否和我想的一致。每次听课我都有极大收获,甚至在我自己的演唱上都有进步。我在想,人究竟能唱到多少岁,我又想当我死亡时,最后死亡的一定是我的喉咙及声带。"

可铮除了去听大师班的课,还去纽约著名的声乐艺术指导家中上课。经介绍,联系了声乐指导老师威廉·刘易斯(William Lewise),他是意大利著名男高音马塞洛·乔达尼(Marcelo Giordani)的专职声乐伴奏。可铮在电话中约定了上

在美国家中练唱

1996年秋,在美国家中接待马革顺先生,照片由马先生夫人薛彦莉拍摄

课的时间,我陪可铮一起去了曼哈顿他的住所,当他一开门,他特别地惊讶,他原以为是一位年轻人,而现在站在他面前的是一位头发花白的老人。他说:"是你要上课吗?"可铮说:"是我,因我知道你是一位非常好的声乐艺术指导,所以来上课,请你指导。"可铮准备了10首咏叹调。当可铮唱完第一首歌时,他凝视了可铮一会儿说:"你唱得非常好,你已经是一位伟大的歌唱家了,你要我说什么呢?"可铮说:"什么都可以说,我是真心来向你学习的。吐字、声音、乐曲的处理等。"他很高兴也很喜欢可铮的演唱,但他更惊奇的是一位60多岁,已是退休年龄的老者,还具有如此迫切的学习精神。后来可铮又去了两次。可铮在他那儿共唱了30首歌。可铮说:"这30首歌他都通过了,我走遍天下都不怕了。"

可铮在声乐指导老师威廉·刘易斯家上课

找可铮教学的学生渐渐多了,其中有一位胸外科医生叫张宇德,他是男中低音,声音条件很好,又特别热爱唱歌,给他的歌,他复印后就把乐谱放在左上边的口袋里,有空时随手拿出乐谱看曲调背歌词,非常用功。他在病房里对待病人富有责任心,当知道病人是意大利人,他就会用意大利语唱一段意大利民歌或歌剧咏叹调,当病人是黑人或白人,他就唱一首《老人河》或《但尼男孩》。他的病人都喜欢他,称他是"会唱歌的医生"。他还开玩笑地说:"我开刀不要钱,我唱歌要收钱。"

2000 年 6 月,在美国纽约列弗拉克音乐厅举办温可铮教授师生音乐会,右 3 是张宇德

　　可铮还有一位学生叫罗苏菲,身材娇小、富有艺术天资。她的丈夫陈宪中,是纽约的一位实业家,来自中国台湾。当他知道日本对中国钓鱼岛的强盗行径,就和几位朋友一起领头在美国和中国的台湾、香港地区掀起"保钓"运动,他自己首先捐款,再筹集钱款到香港买渔船,亲自带领几只渔船到钓鱼岛向日本政府抗议。日本军舰围着他们的渔船转,激起的海浪不停地冲向渔船,渔船被海浪冲得左右摇晃,使人站立不稳,但他们勇往直前,毫不退缩。陈宪中忘记了自己根本不会游泳,他们大声喊叫:"还我们的钓鱼岛!""钓鱼岛是中国的领土!"

《温可铮书画集》封面

在纽约,他们夫妇对来自中国的艺术家都热烈欢迎,尽力帮助。当他们知道可铮不仅唱得好,书法和绘画也好,因陈先生开有印刷厂,所以他们帮助可铮印刷出版了一本画册。旅美的著名画家、古代书画收藏家、鉴赏家王己千先生,非常欣赏可铮的画和书法,欣然为可铮的画册题名《温可铮书画集》,大画家程十发先生撰写前言,上海美术馆前任馆长丁羲元先生为画册写序。

在美国生活期间,我们俩组织了一个"纽约爱乐华人合唱团"(Chinese American Chorus Society of New York),由可铮担任艺术总监及声乐指导,我担任钢琴伴奏,还邀请了在美国学合唱指挥的张碧珊任指挥。大部分团员都是可铮的学生。因可铮经常举办独唱音乐会,或被邀请到美国其他城市去参加音乐会演唱和大师班讲学,良好的声誉和广泛的影响,也让合唱团吸引了许多热爱唱歌的朋友们报名参加。我们每星期六晚上练习合唱,如有演出任务时,就邀请阎路得和郑海鹭来帮助伴奏。我们还经常举办学习演唱会、学习钢琴汇报音乐会。每次练习合唱前可铮还会教大家怎样唱歌。大家团结友好,快乐充实,觉得在温老师和王老师的身上有一种巨大的凝聚力。

1996年,可铮介绍我国最好的北京男声爱乐合唱团到纽

1999年，纽约华人爱乐合唱团演出后合影

约卡内基音乐厅演出，记得那天还有台湾女子合唱团同台表演。当大幕打开，我们北方的男声合唱团的演员站在卡内基音乐厅的舞台上，个个一米八的个头，英俊潇洒，声音洪亮。当唱出第一句《满江红》的歌词"怒发冲冠"时，歌声响彻音乐大厅每个角落，在座的每一位听众都震惊了，我被感动得热血沸腾。等歌声结束，可铮第一个站起来，手高高地伸起，激动地热烈鼓掌，为祖国来的每位合唱演员的精彩表演感到骄傲和自豪。之后，我们和北京男声爱乐合唱团多次同台演出，还去了深圳和香港等地演出，可铮担任独唱。中国音乐家协会主席李焕之、副主席吴祖强、理事兼合唱团指挥徐锡宜聘可铮为中国音乐家协会北京爱乐男声合唱团的艺术顾问。此外，纽约基督教神学教育中心聘可铮为声乐教授，我被聘为钢琴教授。

1996年2月，可铮再度应康奈尔大学之邀在巴奈尔礼堂举办个人独唱会。

1996年6月，可铮应邀担任大型兹曼音乐会艺术总顾问。

1996年8月，可铮应香港市政总署之邀，与香港国乐团合作,演唱于香港文化中心音乐厅,其中《兵车行》系修改后作品首演,指挥陈能济,艺术总监石信之。

1996年10月,可铮和我在纽约共同主持"乐声飘逸"声乐演唱会,受到音乐界瞩目。

1997年4月19日,应长岛华人合唱团（Long Island Chinese Chorus）之邀,演唱于纽约莫尔金音乐厅（Merkin Concert Hall）。

1997年5月7日,由可铮和我主持的纽约华人爱乐合唱团在纽约首场演出于约翰·杜威高中礼堂（John Dewey High School Auditorium）。礼堂里座无虚席,音乐会受到极大欢迎。演出结束后,又有许多爱好唱歌的朋友要求参加合唱团。

1997年8月16日,我和可铮又赶回国,这是应北京国际文化中心之邀,为庆贺可铮舞台艺术生涯58周年、声乐教学48周年,于北京音乐厅举办"著名旅美声乐大师'97豪情演唱会"。从这时开始,我们不顾年迈,美国、中国两边跑,用音乐传递两国人民的友谊,弘扬中国的音乐文化及中国歌曲。

1997年8月,在北京音乐厅举办独唱音乐会

有一次，一位旅美华人以个人名义邀请作曲家王洛宾赴纽约访问。可铮听说后觉得应该为王洛宾举办一场作品音乐会，经过旅美华人的努力，音乐会在联合国马尔绍音乐厅举行，曲目由可铮为主的审听小组定夺。当时有几位台湾在纽约的歌唱教师也极力争取参加演唱，但可铮听后感到她们不能理解和表达新疆民歌的豪放和细腻的感情，王洛宾也不满意，最后还是请大陆在纽约的歌唱家们演唱，但还是邀请台湾歌唱家出了一组女声小合唱，因可铮坚持两岸歌唱家共同参加，有利于两岸在纽约的音乐工作者团结，有利于两岸的音乐文化交流。这次音乐会，可铮唱了王洛宾改编的3首新疆民歌，王洛宾听后非常高兴和感动，他特别为可铮写了一首他自己作词谱曲的歌《等待》，这是一首王洛宾怀念著名作家三毛的富有深切感情的歌曲，也是王洛宾的绝笔之作。可铮很喜欢演唱这首歌，把它作为保留曲目。

1995 年，在福州与作曲家王洛宾在一起

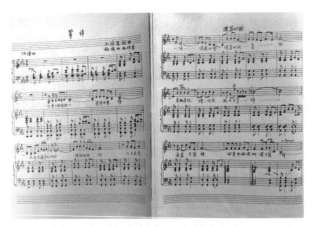

可铮手抄王洛宾改编的《等待》

　　从1992年至2001年,我们从国内到国外演唱和讲学两不误,非常繁忙,但精神上很愉快,能为国家争得荣誉又能传扬中国优美的音乐文化,我们心甘情愿,乐此不疲。可铮不顾年龄的增长,路途的遥远,全心全意、尽心尽力地去做好每一件事。对需要帮助的青年歌唱家或青年学生,可铮总是不计报酬,不计时间,认真负责地去指导。他只想把自己几十年所学到的各种曲目、所实践的舞台经验、所研究的科学发声方法,用最浅显易懂的语言和简练的形象表达及细腻的演唱示范,毫无保留地教给学生。

　　可铮在北京育英中学时有许多好同学,由于大家都热爱古典音乐,他们一起参加由育英中学(男校)和贝满女中联合的合唱团。大家一起练合唱,一起参加歌剧《松梅风雨》的排练和演出。那段时光给大家留下美好的记忆。如今,大家见面还是和小时候一样相聚甚欢,好像又回到了中学时代。大家最高兴的是听可铮唱歌,有时还会拉开嗓子一起唱一些当时合唱团的歌。虽每位同学在不同的大学毕业后,所学的专业不同,工作岗位及地域不同,但相聚时,依然会一起唱一些中学时代大家所熟悉的歌曲,欢声笑语充满了客厅,我常常被这充满欢乐幸福的友情感动。以后有些同学移居香港及海外,见面的机会就少多了,可是他们还是互相想念及关怀。

有一位是可铮北京育英中学的同学,叫韩德扬,是合唱团中的主唱。由于爱好音乐,他们成了好同学及好朋友。韩德扬移居香港后,被美国麦当劳快餐公司聘为总经理,并派往中国内地任职。当他在北京前门开了第一家麦当劳时,曾听他说只有在内蒙的土地上种植的马铃薯,炸出的薯条才和美国麦当劳炸出的薯条味道相似。接着上海、广州等城市像雨后春笋般的相继开出麦当劳餐厅。

韩德扬经常回香港,他的上司麦当劳负责亚洲的总裁伍日照先生,是一位特别热爱古典音乐的鉴赏家。他每年捐款给纽约曼哈顿音乐学院,他还自费承担波士顿交响乐团来中国巡演的全部费用,每场演出的音乐会票全部免费赠送,首先是送给音乐学院的老师和同学、专业演出单位及热爱古典音乐的爱好者。

一次偶然的机会,伍先生从韩德扬处听到可铮的演唱录音,感到非常惊奇。他喜欢可铮的演唱,他一定要帮助可铮在纽约录一张 CD 唱片。于是在 1997 年 9 月 22 日、27 日和 10 月 3 日这 3 天晚上,安排可铮在曼哈顿音乐学院音乐厅,由曼哈顿交响乐队伴奏,录制了中外歌剧咏叹调及中国歌曲近 20 首。

现在我要说一个小故事。可铮安排了 3 个晚上,在曼哈顿音乐学院演奏厅和乐队合作同期现场录音。第一天晚上从7点开始，因下午我在威郡上课，可铮要我到场听他录音。我上完课立即乘火车准备到终点站曼哈顿中央车站，然后再转公共汽车去曼哈顿音乐学院。可是我学生的家长说不要到终点站下车，应在前一站下车，这样去音乐学院更方便。所以我就听从了这位家长的提议。当我在前一站下车，走下楼梯，只见两旁站的都是带点流里流气的年轻黑人，他们对我挤眉弄眼，怪诞地笑，使我心惊肉跳。我突然抬头一看车站牌子"哈林区"，吓得我冷汗一身，这是纽约的黑人区。自驾汽车经过时，车窗都不敢打开，坐在车里只希望红灯立刻变绿灯，快快通过。这时已接近黄昏，马路上也全是黑人，我不敢打听坐什么公共汽车，我心中不断祈祷上帝保佑。这时只见一位黑人女子怀里抱个孩子，手上牵个孩子慢慢走来，我立刻问她去曼哈顿音乐学院坐什么公共汽车。她很友好地告诉了我，我在车站等着，神经紧张地提高警惕。公共汽车终于来了，我上车问司机，他挥着手大声地叫我下车，他说这车不去曼哈顿音乐学院。我无奈地下了车，这时天已暗黑了。我决定叫出租车，一辆辆出租车从我前面经过，我一看是黑人开车，就不敢叫停。天更黑了，这时有一辆是白人开的出租车经过，我就赶紧叫停，他就送我到了音乐学院。我下车就见到张医生和文子夫妇两人焦急地在大门口等我，并急着问："你到那里去了，这么晚才来？"我把经过一说，他们惊讶、紧张地看着我："你一个人？"我点点头。后来所有的朋友都知道这件事，他们庆幸我没遇到危险。可铮事后知道了，责备我粗心大意："真出了事，你让我以后怎么过！"事后大家都说"王老师勇闯哈林区"。

　　记得可铮去世后，我曾接到伍日照先生秘书从香港打来的电话，她说："伍先生知道温先生去世的消息后，心中非常难受，他嘱咐我给你打个电话表示他的哀悼和慰问，并让我告诉你，不久你会收到他赠送给你的一份礼物。"两星期后，我接到伍先生的一封来信，信中表示哀悼、痛心及遗憾，同时附上CD的原唱唱片及版权，全部送给我，由我全权处理。写到此，我要再次向伍日照先生表示衷心的感谢！因为这是可铮在国外录制的唯一的一张CD唱片。1957年，可铮在莫斯科得奖后，曾由苏联国家唱片公司为他录制出版过一张慢转胶木唱片，可惜这张唱片在"文革"中被毁掉了。

第八章　祖国召唤

一

2000 年 2 月 5 日，上海市政府在浦东金茂大厦举办春节团拜会，邀请可铮参加演唱。团拜会结束，市委副书记龚学平和市委宣传部部长金炳华来到后台，特地来见可铮。龚学平副书记说："温教授，我们都是听着你的歌长大的，没想到你现在这么大岁数了还唱得这么好。目前国内没有唱得像你这样好的男低音，国内也缺乏教声乐的好老师，是否能考虑回国来教学，去北京或上海你可以挑选。"可铮说："我出国是自费留学，出国就是为了报国，把在国外学到的和研究到的先进的美声科学发声方法及许多歌曲的语言、风格、声音的运用都带回国，为祖国的声乐事业贡献我全部力量。"金部长立刻说："温教授，听你这一席话，那就立刻回来吧，我们欢迎你。"

就这样,我们返回纽约,着手回国的准备。一方面打点行李搬回上海,一方面更频繁地回国演出。然而,纽约华人爱乐合唱团的团员和我们的学生感到太突然。温老师为什么要回中国? 我们都需要你,你在纽约生活安定、快乐、平安,而美国移民局也已通知你们去面试,绿卡就要换成美国公民身份了。等你们成了美国公民再回国也不迟啊。可铮说:"我和王迪一直表示,我们不愿意入籍成为美国公民。"可铮还哈哈大笑地说:"可惜啊! 我有个中国胃,美国的食品我总是不能接受。"可铮真诚地说:"请你们理解我,我要回中国多培养年轻人,我要为中国贡献我的一切,因为我是一个中国人。"

2001年7月,我们回到了上海的家中。学生们听说温老师回国了都非常高兴,络绎不绝地来看望老师。国内一些已有相当知名度的歌唱演员也来请可铮指点和上课。戴玉强就是一位有追求、有理想、有事业心的青年歌唱家。在我们还没有回上海前,有一次我们在北京演出住在总政歌剧团崔宗顺家中。崔宗顺的楼下住着戴玉强,戴玉强经常来找可铮给他上课。他用功、钻研,乐感好,有激情,所以可铮很喜欢他。当我们回到上海后,他经常来上海跟可铮上课。还有一位是郑咏,她也是特地从北京来上海跟可铮上课,我们在北京有演出任务时,她就会来上课。她也是一位有追求、事业性强、乐感好的演员。

2001年回国后不久,有一位音乐学院附中声乐专业刚毕业的学生朱慧玲,她来找可铮上课。她虽年龄很小,但有追求、有理想,嗓音条件好,最难能可贵的是音乐悟性高。可铮非常喜欢她,每天给她上课。还有一位本科刚毕业的学生,女

和戴玉强在家中

给郑咏上课

与戴玉强和刘燕夫妇、崔宗顺、夏燕生、栾峰、夏天星、程志合影

中音李静,也常来上课。可铮还带她们去北京中山公园音乐厅同台演出,受到业内人士及听众热烈的欢迎。朱慧玲和李静很快就被选送去德国留学、深造。

朱慧玲在国外的学习,可铮一直挂念在心,他认为她将来一定会成为一位出色的次女高音或女中音歌唱家。朱慧玲在

与朱慧玲在一起

学习上遇到什么困难，都会打电话向可铮求教，等到学校放寒假时，她会立刻回上海跟可铮上课。如今，朱慧玲通过自己的努力和奋斗，已成为一位非常出色的歌剧演员了。2016 年 5 月 14 日，在上交音乐厅，上演拉威尔的独幕歌剧《西班牙的时光》。全剧只有一位女主角，朱慧玲担任此角色，声情并茂，台风优雅，演唱声音穿透力强，演出非常成功。当晚我给她发了微信，告诉她我的激动，也感叹可铮再也听不到他喜欢的学生朱慧玲的声音了，再也看不到朱慧玲声乐事业的成功了。

2001 年 9 月，可铮带着喜悦、兴奋的心情到上音报到。杨立青院长高兴地接待他，热烈欢迎可铮回上音工作。他代表院方给可铮一份聘书，聘书内容是请可铮教研究生及青年教师。但当可铮到声乐系报到时，声乐系负责人却给了可铮另一份聘书，这份聘书与杨院长给可铮的那份聘书截然不同，只是一纸声乐系的"返聘"证书。同时这位负责人还特别强调说："声乐系规定，70 岁不能教本科生。"当时可铮非常生气地说："那你们请我回国干什么？难道是要我教业余的学生吗？声乐系现在也有几位老师年龄超过 70 岁，年龄都比我大，他们能教，我为什么不能教？你讲此话是什么意思？"可铮生气地打开门，头也不回地回了家。

在家中，可铮越想越生气，我回国为了什么？他对我说："我回国不是想到音乐学院争权、争利，我是想多培养一些学声乐的青年学生，为中国的声乐事业贡献我的一切。"

过了 3 天，可能这位负责人觉得那天做得有点过分，也许受到上级的批评，他突然打电话来，说系里决定送一位本科一年级的学生——余笛到温老师班上学习。

余笛是四川自贡人，14岁参军，在北京国旗仪仗队打小鼓。退伍后他立即复习从初中到高中的全部文化课，常常读书到通宵。他的父母看在眼里，疼在心里。余笛以他坚强的毅力，在音乐学院没有任何关系的情况下，靠他自己仅半年准备的文化课的实力，而成为声乐系录取生的最后一名（声乐专业的前10名学生，因文化课没考到分数线而被淘汰）。余笛是幸运的。但开学后，由于在考专业前从未跟声乐系任何一位老师上过课，所以没有老师愿接纳他。他正万分沮丧时，系里通知他，安排他到温可铮老师班上学习。他当时也不知道温老师是怎样一位老师，便到一些同学中打听，得知原来是刚从美国回来的世界著名男低音歌唱家、声乐教育家。同学们都羡慕他，祝贺他。余笛欣喜若狂，没想到自己有这样大的福分，能做温可铮的学生。此后，可铮开始认真辅导余笛，余笛也特别努力用功学习。一分耕耘一分收获，余笛在专业上一直是名列前茅。

教余笛练唱

不久,声乐系又派了3位学生来。第一位是女高音,从新疆来的汉族女孩。她一进房间,喊了一声温老师,便号啕大哭。她说她的嗓子已经2年不能唱了,回新疆家中休学了2年。今年已五年级要毕业,但嗓子还是不好。可铮耐心地听她唱,她唱每一个音都站不住,听说她那年考声乐系是以第一名的好成绩考上的。可铮看着这位可怜的女孩,跟她说:"你已是五年级的学生,我有再大的本事也不能在半年中解决你的声乐问题,而且你毕业考试要唱6首歌,其中要有歌剧咏叹调。目前我不能接受你,但以后,我随时可以帮助你。"这位女孩肄业后,可铮免费帮助她,使她找到一份小学音乐老师的工作。

　　第二位学生,是男中音,朝鲜族,到我们家时,第一眼看是一位长相英俊的小伙子。可是他一唱歌,那个英俊的脸五官就移位了,鼻子歪了,嘴也歪了。这位学生已是四年级的,所以可铮就拒绝了。

　　第三位是女高音,形象好,唱歌乐感也很好,二年级的学生,名胡江丽。可铮认为她才二年级,有足够的时间可以调教,所以就接受了。但上了几课后,可铮发现她声带有问题。可铮问她:"江丽,你声带是否有病?你声带上一定有突起。"江丽点头说:"是,我在一年级下半年开始,唱歌时喉咙就不舒服。"这时可铮就给系副主任打电话,说了胡江丽声带上有突起的情况。可铮问:"系里知道胡江丽声带有病的情况吗?"副系主任说:"知道。"可铮说:"系里既然知道,为什么不告诉我?你作为系领导怎么可以对学生这样不负责任。我是仔细听出来的,你难道不知道其后果会多么严重吗?"

从这以后,可铮对胡江丽的教法改变,以治好声带为主。他让江丽天天来上课。50分钟的一节课,先用5分钟,可铮用咀嚼哼鸣的方法让胡江丽发声,然后休息。有时帮她喉部按摩,有时放世界上唱的最好的女高音的录像,可铮一边解释什么是好的科学发声方法,帮助她真正从声乐理念上认识并懂得。接着再5分钟,同样用咀嚼哼鸣的方法,再休息。同时,可铮在上海市耳鼻喉科有一位资深的专治声带疾病的好朋友余永贞医生,可铮请余医生给江丽用药物进行治疗。半年后,余医生打电话给可铮说:"温老师,在这么短的时间里,她的声带突起已消失,这真是奇迹。"可铮高兴地说:"余医生是你的医术高明。"余医生说:"是你的教学方法好,你用特殊的科学发声方法治好了她的嗓子。"

从这以后,可铮对她逐渐加大训练(但还是非常谨慎的)。一年后,她的嗓子完全恢复到正常健康的状态,可铮就渐渐给她高难度的艺术歌曲和歌剧咏叹调。胡江丽以优异的成绩毕业,被北京军区歌舞团录取,成为该团的独唱演员。

余笛、胡江丽两位学生在声乐上的突飞猛进,促使了声乐系有多名学生想方设法调换到可铮班上来,相继有朱松(毕业后进北京总政歌舞团)、郑洁(毕业后进北京海政歌舞团)、吕玥筌(毕业后,先进上海歌剧院,后赴法国留学)。

河南郑州大学音乐系学生王曦,是位优秀的抒情花腔女高音,她几乎每周乘坐火车来上海跟温老师上课。一次她说:"温老师我以后不能每星期来上课了,因我家经济条件不好。"可铮说:"你的声音条件很好,不学或少学都很可惜,你继续来上课,我不要你交学费。"在学习期间,可铮曾带她在北京参加演唱,获得听众好评,后她考入美国辛辛那提音乐学院获得声乐博士学位,毕业后签约旧金山歌剧院及大都会歌剧院演出歌剧,现任澳门大学音乐系声乐教授。

和学生王曦在一起

当时声乐系有个学生叫施恒,在一位修养及教学很不错的老师班上学习声乐,还有两年就要毕业了,但施恒唱高音总有些困难,一直无法解决。

施恒很真诚地跟老师商量,是否可以到温老师处去上课。那位老师平时跟可铮关系很好,她从心中也很佩服可铮的演唱及教学,所以就同意施恒到我们家里来跟可铮上课。

施恒非常用功又肯钻研,毕业时成绩名列声乐系第一名,2004年施恒考入巴黎市立高等音乐学院,2005年又成功考入法国巴黎国立音乐学院,成为该音乐学院历史上第一位来自中国大陆攻读硕士学位的声乐留学生。

2005年9月,可铮和我应邀赴法国观摩马赛国际声乐比赛时,施恒从巴黎赶来马赛陪伴可铮。为了让他节约费用,可铮就让他睡在身旁。从早到晚一有空闲,施恒就唱给可铮听,

可铮给施恒上课

让可铮在演唱技术上帮他提高。施恒追求声乐艺术的精神使可铮感动,可铮在空闲的时间或睡在床上都不停地跟施恒讲这些年在美国所学到的科学发声技术及方法。这次法国马赛之行,施恒受益匪浅。

在法国留学期间,施恒参加各种比赛,获得了欧洲国际声乐大赛中歌剧及艺术歌曲的数十个第一名奖项,参加了 300 多场音乐会及歌剧的演唱,饰演了 10 多个著名歌剧中的角色。

2008 年 4 月,施恒以评委全票通过的成绩获得了巴黎高等师范音乐学院的"最高级演唱家文凭"。2009 年 6 月,施恒顺利获得巴黎国立音乐学院硕士文凭。

施恒毕业后,毅然选择了回国,和他的夫人吴越一起被聘为上海音乐学院声乐系教师。

施恒夫妇全心全意教学,努力培养歌剧演唱人才,推广、普及歌剧艺术。他教的学生已有多位在国际声乐比赛中获奖。

2018 年,施恒创办了苏州施恒歌剧艺术中心。

施恒说:"老师想演歌剧《管家女仆》,结果没演成,成为老师终身的遗憾,我会替老师完成演歌剧的遗愿,并且培养一大批歌剧观众出来,我要让所有人知道我是温可铮的好徒弟,我有着和他一样的精神! 他会在天堂为我骄傲的!"

二

2002 年 10 月,北京举办第二届中国国际声乐比赛,可铮受邀当评委。评委主席是郭淑珍教授,还邀请了莫斯科音乐学院涅斯泰连科教授、美国朱莉亚音乐院怀特教授等,中国还有黎信昌教授。

因回国后教学工作繁重,心情又不是很愉快。可铮时常感到有胸闷的情况。于是请第六人民医院的心脏专家诊治。医生要求可铮做一个心脏造影检查。做检查的管子本应该插

第二届中国国际声乐比赛评委。前排中为郭淑珍教授

入手臂的静脉血管，因可铮太胖，手臂的静脉血管太细，管子插不进去，最后就选择从大腿根部的静脉血管插进去一直到心脏。为了这次检查，我还打越洋电话给纽约的心外科专家张宇德医师，张医生立刻从纽约赶来，和六院的心外科主任一起看心脏造影的机器。检查结果很正常，大家都非常高兴，张医生就赶回纽约去了。可铮经过插管子的大腿根的静脉血管，必须用沙袋压住，要整整压 3 天。3 天后，医生和护士长来撤掉了沙袋，可铮感到轻松了许多。可是到下午，可铮叫我：“述，我肚子上怎么长了一个大包？”我掀开他的衣服一看，真把我吓了一跳，他半个肚子鼓出一个紫红色的大包。我立刻叫护士长，她一看也急了，立刻叫来医生。原来肚子内的静脉没有压住，在内出血。我看着医生、护士又拿了 4 个沙袋压在可铮大腿根的静脉上，又用许多纱布把可铮捆得紧紧的，动都不能动，大小便都困难。就这样又捆了 3 天。医生说：“这次一定不会出血了，到楼下做 B 超吧。”护士推着床，到楼下 B 超室，我等在室外，突然听见可铮大叫一声，我吓得不知道又出了什么事？原来为了固定纱布，护士在可铮皮肤上贴了很多橡皮膏，做 B 超的医生就随手一撕，把可铮的表皮都撕了下来，可铮痛得大声喊叫。当我们回到病房，护士长一面道歉，一面表扬可铮是位好病人，并立刻在伤口上用消炎药，又告诉我到北京后，每天要换 3 次药，如有不适，立刻去医院。两天后可铮就要到北京担任国际声乐比赛评委的工作。真是谢天谢地，可铮这次平安地前往北京，顺利地完成了工作。

当时，清华大学艺术教育中心有一位冯老师，她曾听过可铮的独唱音乐会，从心底里敬重可铮。她听说可铮已回国在上音任教,又听说可铮正在北京担任国际声乐比赛评委,便来我们所住的宾馆拜访可铮。谈及清华大学艺术教育中心计划办一个歌剧培训中心,想请可铮任主任。可铮当时很高兴,也愿意出力。冯老师回校向领导汇报后,清华大学党委陈希书记立刻邀请可铮去清华大学参观。

艺术教育中心在一座楼里,有演奏厅,有许多间琴房、练功房,条件、设备、环境都好。陈书记又带领我们参观了校园,真不愧是中国最享有国际声誉、培养各行各业精英的优秀大学。可铮和书记、冯老师交谈后,答应了此事。比赛结束,我们回上海继续教学工作。北京就委托人来谈,最后由于委托人提出了一些暂时不能解决的条件,这件好事便不了了之了。这是一件很遗憾的事。做任何事情不能只看到鼻子底下一点利益,如能退后一步,就会海阔天空,什么事情都能做成功的。

2002年12月,北京气温零下七八摄氏度。北京展览馆音乐厅要举行一场歌舞晚会,邀请可铮参加一档独唱节目。工作人员把我们俩带到演员休息室,说:"你们两位请在此休息一下。"他说完话就走了。我和可铮走进休息室,只见一位当时最红、最有名的女演员坐在中间,许多人围着她,递水的、递手机的、化妆的、拿演出服的,好不殷勤和热闹。所有的椅子都被她们占着,没有一位站起来让给我们坐,甚至连眼睛都不抬。我们俩呆站着,正不知道该怎么办时,总政歌舞团女高音歌唱家王秀芬恰好走了进来,她看到可铮,高兴地说:"啊,温老师怎么是您呀,您今天也来参加演出吗?"当她看到眼前此情景,忍不住地大声地责骂:"难道你们没看到两位年纪大的老师就这样站着,也不让两个椅子,请他们坐下?"但没有一个人理她,有人还小声说:"你是谁?"王秀芬看着这些傲慢、不懂事的年轻人,生气地对我们说:"温老师跟我走吧!"我们跟她走出后台大门,看见一辆大的旅行汽车停在那里,她带我们走上汽车,许多演员都热情地站起来围着我们:"温老师你什么时候回国的? 我们现在都退休了,大家组织了一个合唱团,在一起唱歌,很快乐。"可铮一看,都是总政歌舞团、总政歌剧团、北京军区歌舞团、武警文工团等部队歌舞团、文工团退休的歌唱演员,几乎每个人都认识。他们是来参加一档合唱节目的。他们请我们坐下并拿来热的开水。王秀芬说了刚才在后台的事,大家都很生气,"温老师你刚回国,文艺界的情况你不了解,以后你在国内待久了,你自然会知道的"。

　　当我们的节目快要开始时,可铮和我等在台边。只见后台演员多,乱糟糟的,台上扩音器放得又响又刺耳,台下的听众讲话的、大声笑的,一片嘈杂声。舞台监督问可铮:"你是用盒带伴奏吗?"可铮说:"我这辈子都不会用盒带伴奏,请把钢琴抬上去。"当主持人报男低音独唱,温可铮,台下还没有安静下来。可铮和我走上舞台,钢琴前放了一个站立的话筒。可能台下有些观众知道可铮,所以就响起一些掌声。这时可铮手拿话筒往台边走去,观众看着可铮的举动都愣住了,以为可铮不唱了。可铮把话筒放好,又走到钢琴前开始演唱。不用话筒的歌声清澈明亮,灌满全场,观众席中立刻鸦雀无声,安静了下来。可铮唱完,掌声雷动,又加演了一首歌。等我们回到后台,有一位舞台工作人员急匆匆跑过来说:"温老师,你是真唱还是假唱?"可铮惊奇地看了他半天才说:"怎么唱歌还有假唱? 假唱是欺骗行为,观众花了钱来听音乐会,你们却用欺骗的手段,用假唱来糊弄观众,歌唱家的良心都到哪儿去了?"这是我们回国后第一次听到唱歌还有"假唱"这回事。

2003年,某单位在北京人艺剧场举办一场演唱会,邀请可铮担任嘉宾。我们去了剧院,主办单位非常热情地接待,请我们坐在剧院正中间的座位上。刚坐定,就有人对在座的客人及观众,每人发一根"荧光棒"。只见台上出现一位"导演"或许是"舞台总监",他手里拿着荧光棒说:"等演出开始,请大家看着我,我挥动荧光棒,你们就立刻挥,我停下,你们也立刻停下。"现在请大家跟我演习一下。可铮看到此情况就跟我说:"怎么连观众喜欢或不喜欢,都要听从这位导演来摆布?这不是又在愚弄观众,作假吗?我不要做嘉宾,我要走了。"我说:"今天主办单位只请了你一位嘉宾,而且坐在正中央的位置,我们就给他们留一点面子吧。荧光棒我们可以不挥,等演出结束,你可以向主办方表明我们的态度。"整场演出,那位"导演"都躲在侧幕旁,就像个小丑,手拿那根荧光棒,一会儿挥,一会不挥。我和可铮从开始到结束,始终没有去挥动那根荧光棒。

演出结束,在休息室,主办方负责人来向我们表示感谢。可铮说:"以后类似这种演出,请你们不要再请我参加,只要有作假的,我都不会参加。作为一个演员,要提高自身的技术、修养,你唱得好,观众自然会从心底里欢迎、鼓掌。今天演员唱得很差,观众根本不想听了,而你们让观众挥动荧光棒,然后在电视中播放,给电视机前的观众作假象,这是欺骗行为,难道你们不知道吗?我们要提倡讲真话、讲实话,做真事、做实事。作假、装假都是对不起老百姓的。"

回国前后,可铮除了教学外,还到处讲学,把他在美国所学到的美声科学发声方法的新理念,毫无保留地传授给声乐老师及学生们。年龄不是他的障碍,每天还继续练唱,增加新的曲目,并连续举办独唱音乐会。

2000年6月24日,赴美国纽约列弗拉克音乐厅(Lefrak Concert Hall)举办"温可铮教授师生音乐会"。钢琴伴奏王述。

2000年11月25日,应第二届中国上海国际艺术节特邀,于上海大剧院举办"温可铮独唱音乐会"。钢琴伴奏王述。

2000年12月30日,于无锡影视音乐厅举办"世纪之声——声乐大师温可铮教授独唱音乐会"。钢琴伴奏王述。

2001年3月30日,在北京中山公园音乐堂举办"春的致意——声乐艺术大师温可铮师生音乐会"。钢琴伴奏王述。

2001年5月,为上海市欧美同学会演唱于上海大剧院。钢琴伴奏王述。

2001年10月3—4日,应邀在上海大剧院参加"中国著名歌唱家独唱音乐会"。钢琴伴奏王述。

2001年11月,带11位学生在同济大学礼堂,举办温可铮师生音乐会。钢琴伴奏王述、马思红、温铮。

2001年11月19日,应邀赴中国台湾地区,在台北市新舞台剧院举办"当代中国声乐大师温可铮教授独唱音乐会"。钢琴伴奏王述。

2002年1月,赴纽约教学,并在卡内基音乐厅举办"温可铮教授师生音乐会"。钢琴伴奏王述。

2002年2月22日,应中共中央办公厅、中宣部、文化部的邀请,于北京人民大会堂,参加国家最高规格的中共中央政治局委员及各界代表出席的元宵节演唱会并演唱,还和江泽民总书记共同演唱《当我们年轻时》(*When we were young one day*)。钢琴伴奏黄小曼。

2002年5月17日,应邀参加"同济大学95周年校庆——著名音乐家温可铮教授师生音乐会"。

2002年5月29日,应邀举办"当代中国声乐大师温可铮北京'世纪放歌'独唱会"。钢琴伴奏王述。

2002年6月26日,应邀在北京中山公园音乐堂举办"当代中国声乐艺术大师温可铮独唱音乐会",李岚清、陈至立、赵南起、孙家正、吴祖强、傅庚辰、陈晓光、乔羽、王昆等出席。钢琴伴奏王述。

2002年6月,中国唱片总公司出版《当代中国声乐艺术大师——温可铮演唱专辑(中国艺术歌曲及民歌)》(CD光盘)。钢琴伴奏王述。

2002年7月1—2日,连续在中央人民广播电台《世纪之声》栏目接受现场采访直播,主持人由电台文艺中心主任编辑朱定清担任。

2002年7月8—10日,应邀在杭州讲学,并接受浙江省文化厅聘书,担任群众声乐大赛及亚洲音乐节中国新人大赛评委。

2002年7月14—16日,在浙江台州任浙江省声乐比赛评委。

2002年7月,应邀参加纽约长岛著名艺术沙龙独唱音乐会。钢琴伴奏王述。

2000 年 12 月，在无锡影视音乐厅举办"世纪之声——声乐大师温可铮教授独唱音乐会"

2001 年 3 月，在北京中山公园音乐堂举办"春的致意——声乐艺术大师温可铮师生音乐会"

2001年11月,在台北市新舞台剧院举办"当代中国声乐大师温可铮教授独唱音乐会"

2002年1月,在卡内基音乐厅演唱

2002 年 7 月，受邀在美国长岛艺术沙龙举办个人独唱音乐会

2003 年 4 月，在江苏无锡举办"太湖春——温可铮教授师生音乐会"

2003 年 8 月,在保利剧院举办"声乐大师温可铮与获奖歌唱家新秀音乐会"

2004 年 5 月,在贺绿汀音乐厅举办"庆祝温可铮教授 75 华诞、从艺 66 周年、声乐教学 54 周年——当代中国声乐艺术大师温可铮教授师生音乐会"
前排: 宋仪桥、温可铮、王述、汪均益
后排: 俞位恩、郑洁、胡江丽、徐希普、程乃珊

2002 年 7 月 22 日,在美国纽约举办师生音乐会。钢琴伴奏王述。

2002 年 9 月 19 日,应邀参加南京师范大学建校 100 周年"世纪华章"大型文艺晚会。演唱《长城永在我心上》《打起手鼓唱起歌》等。

2002 年 10 月 25 日—11 月 5 日,应邀赴京在文化部举办的中国第二届国际声乐比赛中担任评委。

2003 年 1 月,参加上海市欧美同学会招待外国驻沪领馆外宾专场演唱,组委会专门制作专辑,隆重介绍周小燕教授、温可铮教授艺术成绩。

2003 年 1 月 14 日,赴美参加"洛杉矶新年音乐会"演唱。钢琴伴奏王述。

2003 年 4 月 25 日,在江苏无锡举办"太湖春——温可铮教授师生音乐会"。钢琴伴奏王述、温铮。

2003 年 6 月 27 日,应北京国家图书馆音乐厅邀请,温可铮担任该音乐厅艺术顾问,获国家首席声乐艺术家荣誉称号。

2003 年 8 月 24 日,应保利剧院邀请参加"声乐大师温可铮与获奖歌唱家新秀音乐会",全国人大常委会副委员长傅铁山、全国政协副主席孙孚凌、教育部副部长吴启迪及首都音乐名家出席。钢琴伴奏王述、高薇清、隆翔。

2003 年 9 月,赴美国纽约长岛为墨尔西医院募捐举办温可铮师生音乐会。钢琴伴奏王述。

2003 年 10 月,应邀任浙江省声乐比赛评委。

2003 年 10 月 30 日,海南省委宣传部、海口市宣传部主办的"庆祝博鳌亚洲论坛 2003 年年会——温可铮教授师生音乐会",于海口市人民大会堂举行(此音乐会简称"椰城之夜")。钢琴伴奏王述。

2003年11月2日,于博鳌第二届亚洲论坛主会场,应邀参加大型国家最高级招待晚会,为各国领导人演唱。

2003年11月4日,应海南省海南大学之邀,举办大师班讲学,辅导该校音乐系青年教师,并接受该校名誉教授聘书。

2003年11月10日,应邀到南京师范大学音乐学院及扬州大学音乐学院讲学,并接受扬州大学名誉教授聘书。

2003年12月13日,赴安徽省芜湖电视台讲学及演唱。钢琴伴奏王述。

2003年12月24日,赴美国旧金山、洛杉矶访问演出。

2004年5月31日,在上海音乐学院贺绿汀音乐厅举办"庆祝温可铮教授75华诞、从艺66周年、声乐教学54周年——当代中国声乐艺术大师温可铮教授师生音乐会"。钢琴伴奏王述、马思红、林海。

综上所述,可铮回国后,为声乐事业,教学、演出、讲学,活动日程排得满满的,不知劳累,都尽力去完成。

三

2003年9月,声乐系新入学的学生向全系老师演唱,当时有一位男中低音的学生沈洋演唱后,可铮感到这位学生是个好苗子,应该认真培养。当天他就去找了杨立青院长,并表示他想多培养一些男低音或男中低音的学生,把自己一生演唱过的几百首歌教给他们。杨院长听后觉得可铮的想法非常好,立刻答应去跟声乐系说。

过了3天,杨院长打电话给可铮,说要请可铮和我吃饭,我们感到惊奇。为什么杨院长要请吃饭？见到杨院长,他特别热情,开门见山地说:"温老师,对不起,你托我办的事,我没有办成。我去声乐系谈到沈洋应该到你班上学习,副系主任立刻回绝,说这个学生他要教了。唉！我到声乐系,他们也不把我放在眼里。"可铮听后,心里凉了半截,回国是为了想多培养学生,为声乐事业贡献一切,怎么会是这样的？回国教学,带着满怀喜悦的心情,万没想到上音声乐系某些领导是这么地冷淡和漠视。灼热的心好似浇了一盆冰凉的水。

　　可铮心中虽惆怅不悦,但他还是非常认真、负责的教他的学生。沈洋有时也会悄悄地到我们家来找可铮上课。当时余笛、胡江丽也在场听可铮给沈洋上课。有一次音乐学院新上任的党委书记到家来看望可铮,正是可铮在给沈洋上课,党委书记就坐着听了整整一堂课。

　　浙江省举办声乐比赛,组委会邀请可铮去做评委,我陪他去了台州。当时组委会还邀请了中国音乐学院郭祥义和马秋华两位教授。在比赛休息时,他们很关心可铮回国后在上海音乐学院教学工作的情况。郭祥义老师说:"温老师,您是北京人,回老家工作吧,到中国音乐学院声歌系来工作,我们系特别需要您这样好的教授。我回北京后,马上向领导汇报,邀请您担任我院的特聘教授。"可铮虽身在南方工作了几十年,包括在美国近10年中,我们都经常到北京演出,参加各种活动。我知道他一直情系故土、情系老家、情系北京。当中国音乐学院特聘教授的聘书一到,他征求我的意见,其实我内心是很不愿意去北京的,不仅因为我不喜欢北京的气候、饮食、交通、住宿，更因为可铮和我都已到了古稀之年，对我们来说，搬一次家，绝对是一次巨大工程，琴谱、书籍、唱片、磁带、生活用品等，非常辛苦。但看着可铮渴望的眼光，想到他一生的努力和一生的追求，我只能点点头说："有机会让你回北京了，你就去吧，我陪着你。"于是，可铮就立刻接受中国音乐学院聘请。

上音新上任的党委书记听到此事，亲自上门挽留可铮。可铮说："我已答应的事，我一定要做到。"党委书记说："我如果早来上音一个月，就决不会放你去北京，这是我们上音做的一件最大的错事，既然如此，请保重。"

就这样，我们又搬了一次家，从上海搬到了北京。

2004年9月12日，到中国音乐学院报到后，可铮就投入到招生考试中。声歌系开始只分配给他一位女高音的学生，接着又陆续分配了两位男学生。可铮由于学生不多，所以学院的教学工作不太忙，但社会活动很多。校外请他上课的学生也渐渐多起来了。总政歌舞团男高音歌唱家程志和歌舞团歌队队长，成立了一个声乐沙龙。每星期六下午在总政歌舞团排练厅活动一次，凡是唱得好的，无论专业的还是业余的，只要报名，都热烈地欢迎他们参加演唱。可铮经常被程志请去，为演唱者点评，传授新的歌唱理念及科学的发声方法。

但他还是愿意教嗓音、乐感、条件好的学生，再累他也高兴，他只想把所有的声乐理念、好的科学发声法，毫无保留、倾其所有地教给年轻的学生们。他不顾年事渐高，每天还坚持练唱，还不断练习新的曲目。

2005年9月，可铮和我应邀赴法国观摩马赛国际声乐比赛，其间会见马赛国家歌剧艺术培训中心主任及评委主席杰瑞·福诺,相谈甚欢。后又访问巴黎音乐学院。

与法国马赛国家职业歌剧艺术培训中心总经理杰瑞·福诺

2005年10月1日,可铮接受加拿大多伦多音乐学院客座教授委任书,及第九届加拿大国际声乐比赛(中国赛区)评委。12月19日,可铮带领中国音乐学院声歌系学生耿君扬、徐茜、徐彬、李奕峰及厦门大学声乐青年教师郭刚赴广州参加第九届加拿大国际声乐比赛。可铮所教的5位学生囊括一、二、三等奖。可铮为此获得加拿大国际声乐比赛杰出教师奖。

2006年3月24日,可铮的声乐艺术中心,在中央民族大学音乐学院挂牌。同时在学院大礼堂举行温可铮教授学生音乐会。音乐会节目丰富多彩,受到观众及参加挂牌仪式的来宾的认可和欢迎。

2006年4月2日,深圳观澜湖高尔夫球会主办"天籁之声——温可铮师生音乐会",邀请可铮带7位学生放歌深圳。音乐会获得极大成功,香港《文汇报》刊登《"低音歌王"温可铮献歌深圳》。《深圳特区报》刊登《77岁"低音歌王"震撼鹏

2005 年 12 月,参加可铮的学生、上海师范大学教师杜园园独唱音乐会

2006 年 4 月,在深圳少年宫剧院举办"天籁之声——温可铮师生音乐会"

城》《声乐大师放歌鹏城》。音乐会结束后，又在观澜湖高尔夫球会贵宾厅举办温可铮大师班声乐讲座。贵宾室内座无虚席，大部分都是从香港过来的声乐专家及声乐爱好者。声乐讲座中，许多听众举手问声乐问题，可铮都一一解答并示范。讲座结束，许多听众都不愿离开，围着可铮，希望可铮再多讲一些有关唱歌的事。

2006年1月，法国马赛国家歌剧艺术培训中心主任杰瑞·福诺先生，给可铮电讯，提出马赛和中国合作，创办中法歌剧培训中心。中国请可铮负责、挑选、培训，演唱水平达到标准，即送往马赛歌剧培训中心继续培养。演唱成绩好的还可以到马赛歌剧院演歌剧。一切学习、培训、生活费都由马赛负责，因当时法国有一个很大的财团支持、赞助。可铮非常高兴地接受了，并开始策划、筹建。然而非常可惜的是，2007年，可铮不幸辞世，导致这件有深远意义的合作，不得不终止了。我曾通过在法国的朋友，向杰瑞·福诺先生提过此事，他说："很遗憾，我只信任温可铮教授！"

2006年4月4日，可铮接受新加坡华韵传媒机构邀请，担任2007国际华人歌手大赛评委会主席。

2006年10月和12月，可铮与赵云红副教授受山东艺术学院邀请，在山东艺术学院音乐厅举办独唱音乐会，后可铮留下，为声乐系举办大师班讲学。可铮在山东歌舞剧院的学生张楠和上音毕业的男中音雷岩，几乎天天来陪伴可铮。一次可铮开玩笑地说："听说山东有一句话，爬不上泰山的非好汉，遗憾的是我这个年龄已不能爬这座宏伟的泰山了。"张楠即刻安排了去泰山，并邀请了一位山东歌舞剧院的歌唱演员一同

21 世纪初期,沉醉在演唱中的可铮

可铮晚年的演唱仍然受到热烈欢迎

2006 年 12 月 3 日，在北京音乐厅演唱俄罗斯经典歌曲

前往,张楠和他搀扶着可铮,边爬山边休息,最终爬上了泰山的山顶。

2006 年 12 月 3 日,为庆祝 2006 年中国"俄罗斯年",中国音乐学院赵云红老师邀请可铮陪同她一起在北京音乐厅举办"俄罗斯经典声乐作品音乐会",可铮演唱了 14 首歌,受到声乐界专家及音乐爱好者热烈欢呼、热烈鼓掌。

2006 年 12 月,在中国音乐学院庆祝作曲家黎英海教授作品音乐会上,可铮唱了他所创作和改编的 3 首歌曲,新疆民歌《嘎欧丽泰》《在那银色月光下》和根据歌剧《白毛女》改编的《杨白劳》,也大受欢迎。

2007 年,为欢度新的一年到来,在全国政协礼堂,为北京的政协委员及其家属举行的音乐会上,可铮唱了《跳蚤之歌》等歌曲。

可铮在他一生的演唱生涯中,拒绝话筒,更拒绝假唱。在他 78 岁告别人世前,一直坚持做一个有良心和高尚品格的艺

2007 年 1 月,获中国首届"诚信人生"十大杰出人物奖

术家,依然能够在舞台上"站如松、声如钟",真正打破了 19 世纪初德国男低音歌唱家路丁·威士创下的 72 岁用真声举行独唱音乐会的世界纪录。

2007 年 1 月 28 日,可铮荣获中国首届"诚信人生"十大杰出人物奖,这让可铮兴奋不已,他认为这是一个比歌唱奖更重要的奖项,这是对他 78 年风雨一生"诚实做人、务实敬业"的最好肯定,是对他艺术道路上,执着、刻苦、坚强、忍耐、忠诚、进取的最高评价。

第九章

生命咏叹

　　2007年3月，北京的天气还很冷，全市的供暖已经停掉了。这时也是中国音乐学院声歌系招收新生入学考试的高峰时间。入学考试的学生非常多，初试就考了整整3天，每天上午、下午和晚上连轴转，可铮觉得太累了。他听学生考试演唱又特别认真、仔细。他坐的座位，正好是大礼堂靠窗的位置，窗开着，冷风吹向他的身体。考试结束，他就感冒发烧了。我带他去306部队医院看病，医生就留下他，住在观察室吊针输液。没有想到，清晨可铮突发心肌梗死，我只见医生推着他的病床，从观察室通过高低不平的走廊，一直推到抢救室。我在后面紧跟着。我站在抢救室的门口，只见医生紧张地在为他做胸外按压，接着用电击。这时我才知道可铮刚才停止了呼吸。这以后他一直昏迷不醒。我打电话通知了兰兰和俞子正。兰兰从上海赶来北京，俞子正又通知了可铮的学生们，大家都赶来北京,每天等待着可铮醒来。由于来陪伴可铮的学生太多,医院特别给我们准备了一间在抢救室对面的休息室,让大家可以休息。我们还请了北京有名的专家来会诊,但都没有回天之术。后来可铮换到重症病房,同学们这才回到各单位去上班。我每天去重症病房看望他,每天祈祷,我忧心如焚,盼望有奇迹出现。我对他说:"可铮,你快点醒来啊! 难道你要丢下我吗? 难道你不想唱歌和教学了吗? 我们说过要白头到老的,难道你……"他整整 1 个月昏迷不醒。

2007 年 4 月 19 日 22 点 16 分,可铮辞世于北京。当护士从重症病房推他出来时,他的呼吸已经没有了,生命已经耗尽。可是我还意识不到,我以为他太累了,是睡着了。我走向床头,在他额头上吻了一下,他的脸是冰凉的,冰凉的感觉一直刺到我的心尖,我不敢相信,他就这样永远地离开我了。

可铮常唱的一首歌《大江东去》,其中有一句歌词:"多情应笑我,早生华发。"情重的人头发容易白,可铮离我而去后没多久,我的头发就全白了。

电影《魂断蓝桥》中的主题歌唱道:"白石为凭,日月为证,我心相许,今后天涯长相依,爱心永不移。"这是我和可铮爱的写照。

唐代大诗人白居易的诗中写道:"相思始觉海非深。"我现在深深体会到,海并不深,怀念比海还要深。

可铮走了,永远地离开了,夫妻已是天人永隔。我带了他的骨灰,回到了上海的家中。

南汇路的家中,曾经有欢笑、有歌声、有琴声,也曾经有灾难、有折磨，更曾有温暖、有幸福、有爱……家中每一件家具、每一个小物品、每一个角落，都有他的气味和影子。过去的日子里，我们每天在一起，在教室里、在舞台上、在家里……现在我孤独一人，每天以泪洗面，我伤心、我悲痛、我失落、我无助……我不知怎样再活下去！

可是我的亲人、我的朋友、我的学生，他们轮流来我家陪伴我、劝说我、安慰我，我渐渐觉醒，我想明白了，我不能这样消沉下去，我还有可铮留下的未完成的声乐事业，需要我来继续。我有使命，这个使命高于一切。

上海音乐学院为可铮开了一场追思会，参加的有陈钢教授、戴鹏海教授、马革顺教授，还有知名作家程乃珊。陈铭志教授因病住院，但他在病床上，写了一首悼念可铮的诗，由他的女儿代表他在会上朗读。可铮在国内的亲戚、学生、朋友们都来了，远在美国、法国的可铮的学生和朋友们也赶来了。追思会上，大家提议要为可铮出一本纪念他一生为声乐艺术献身的书，并请可铮的弟子俞子正执笔。陈钢教授指定要20天交稿。俞子正说："我是从事表演专业的，20天的工夫，抄一本书也许还来得及。要写一本书，真担心写不好。但想到这是恩师的事情，做学生的决不可以推托，'滴水之恩，当涌泉相报'，这个道理我从小就懂得的。"他又说："我开始写这本书时，我就想，这不是我一个人的怀念，而是温老师所有学生的怀念，是温老师所有亲人、朋友的怀念，也是所有爱听温老师唱歌的人的怀念。"俞子正在这个信念的支持下，真在20天的日日夜夜里完成了这本名为《生命的咏叹：放歌温可铮》的书，由上海音乐学院出版社出版发行。

音乐学院为可铮开完追思会后,在陈钢教授、戴鹏海教授、马革顺教授的帮助下,兰兰被安排在学院退管会工作,负责学院退休的教职员工的日常事务。工作虽很杂、很忙,但她很尽职、敬业。她对我说:"我在上音工作,不能给父母亲丢脸。"尤其是许多退休老师,从小看她长大的,所以都很喜欢她。不幸的是,兰兰患有严重糖尿病和血栓病,2017年1月9日清晨,血栓堵塞心脏,我急打120,等救护医生赶到,不停地抢救,兰兰最终还是走了。可铮不在的日子里,我和兰兰相依为命,她照顾我的日常生活。现在她也突然离我而去,这让我感到无比的孤独和无奈。我把她安葬在滨海古园,离可铮的墓不远。我恍惚中感觉兰兰是去找可铮了,他们一定在遥远的天国里重逢了。

现在,南汇路的这个家真的只剩我一个人了,但我还要坚强地生活下去,完成可铮留下的使命。可铮毕生追求的声乐艺术事业,不是属于我的,也不是属于可铮的。可铮是中国人,他所追求的声乐艺术是属于中国的,是属于他无比热爱的这片土地的,我的使命就是要把可铮未竟的事业继续做下去。

2007年5月3日,美国纽约,曾是可铮爱乐合唱团的团员、学生、朋友,喜欢可铮演唱的听众共80人,联名在《世界日报》用了半版发布《当代中国声乐艺术大师温可铮辞世》的讣告,落款写着"北美声乐班同学拜挽,敬爱的温可铮老师千古"。姚学吾教授深切悼念:"安息吧!我的兄长!人们会永远记得你的歌声的!"

2008年,可铮的骨灰安葬在奉贤的滨海古园的名人之林中。那里面向东海，宁静而美丽，又富有人文气息。那天，可铮的亲人、学生、朋友都来了，他们用歌声送了可铮最后一程。

温可铮墓

自那以后，在每年的清明和冬至，滨海古园都邀请我带领欧美同学会合唱团、王述艺术合唱团的成员过来举办题为"乘着歌声的翅膀送亲人远行"音乐会，以此作为殡葬改革的尝试，得到许多送葬家属的认可。

2008年11月2日，美国纽约的学生和朋友们要举行一场缅怀、追忆可铮的音乐会。我去了纽约并参加了这场音乐会，还担任了钢琴伴奏。音乐会以诗歌、朗诵、合唱、独唱等艺术形式表达了对这位生命歌者的尊重和纪念。同一天，纽约市教委、国际语言文化协会颁发给我"杰出钢琴教师奖"，我感到非常欣慰和荣幸。

从美国回来，我重上征程，开始整理总结可铮一生的艺术生涯和成就。我从书橱里、上海音乐学院图书唱片室里、上海图书馆音像资料室里，从上海、北京电视台及广播电台的资料室里，甚至拜托外国友人、学生，找寻、搜集可铮所唱的外国歌剧、艺术歌曲和中国歌曲的录音带、盒带和他所录制出版的唱片。我将这些录音带、盒带、唱片复制、转录成CD、VCD，并进行编制、整理。有些CD效果不够完美，需要重新改伴奏，再合成；所有曲目需要重新归类、翻译成中文；照片、题词需要逐张地挑选整理，工作量非常大。

从萌生这一想法开始，便有幸得到中共上海市委宣传部领导的关怀和"上海文艺人才基金"的大力支持。上海音乐学院时任副院长、著名音乐评论家杨燕迪教授还亲自作序。陈钢、曹鹏等可铮生前挚友、艺术大师、学生、亲人，纷纷撰写纪念文章，回忆与可铮在一起的点点滴滴。

2016年上半年，在上海音乐学院出版社费时耀、刘丽娟两位领导的亲自参与下，在上海音乐学院直接支持下，在静安区文化局和众多朋友的帮助下，《生命的咏叹——低音歌王温可铮声乐艺术集成》顺利出版，它饱含着可铮终生对艺术的不懈追求，承载了他所有的艺术成就。面对这套制作精良、内容丰富、具有很高欣赏价值和珍藏价值的可铮声乐艺术集成，我难抑激动之情，泪如泉涌，不禁对天长叹："亲爱的可铮，在8年多没有你陪伴的日日夜夜里，我忍着巨大的悲伤，含着泪，紧紧握着笔，向你诉说着相思之苦、诀别之痛。我用尽了一生积蓄的勇敢，用尽了你赋予我的力量，终于完成了夙愿，出版了你绝大部分的声乐VCD\CD和纪念文集。我似乎又闻到了你的气息，听到了你来自内心的歌唱……"

这套厚重的艺术集成收录了可铮演唱的7张CD，包括2张歌剧咏叹调，2张俄罗斯浪漫曲，1张意大利古典歌曲、黑人

陪伴着我的这套艺术集成

灵歌、德国艺术歌曲、法国艺术歌曲，1张中国民歌，1张中国艺术歌曲；2张VCD，包括1张台北演唱会录影，1张上海之春国际艺术节演唱会录影。这套艺术集成的成功出版得到了专业声乐工作者、学生、声乐爱好者的热烈推崇和欢迎。在2016年夏季上海书展举行的签售仪式，有近百人参加。同年这套艺术集成又获得了再版。

此刻，浸透了我汗水和心血的这套艺术集成静静地摆放在我小小的书桌上，犹如可铮在用温暖的目光看着我。我感到欣慰和幸福，因为可铮的人生已经浓缩在这一首首的歌里，他用另一种方式获得永生。在他深沉淳厚的声乐作品中，我仿佛看到了我们相爱的岁月，感受到属于他的辉煌，听到了经久不息的掌声……

可铮曾于2003年，在上海东方广播电台录音室录了10多首歌剧咏叹调，由我担任钢琴伴奏。当时录音师说："现在的录音设备要比以前的先进多了，用的是双轨道录音。这10

谱全部到位,但要配进可铮演唱的 10 多首歌剧咏叹调中,还有许多工作要做。首先要用电脑打出可铮演唱歌剧咏叹调的节奏,然后,再由乐队的各种不同乐器,单独地跟着可铮演唱的声音、节奏来演奏、录音,最后合成。经过不懈的努力,这张歌剧咏叹调的 CD 终于都配上了乐队伴奏。

我之前从不会用电脑,请了一位懂电脑的年轻朋友彭韫琪来教我学电脑。从学会用电脑的那刻起,我就开始写回忆录,记录下可铮和我相濡以沫 50 多年的点点滴滴。

静安区文化局、文史馆及静安区有关领导张爱华、杨继光、钱玮、毕卫萍及学生曹妮嫡、韩适、李莉莉、杜园园、梅亚斐、杨雅军、王恩惠,他们多年来关心我。2012 年 4 月 20 日,在商城剧院成功举办了一场纪念温可铮逝世 5 周年的音乐会。音乐会的主办单位是上海市静安区文化局,承办单位是上海市静安区文史馆及上海锦辉艺术传播有限公司。音乐会的导演是方红林女士,节目主持肖亚,乐队伴奏上海歌剧院,指挥林友声。音乐会的艺术顾问是我和孙徐春,策划李保友,舞台监督吴嵘景。参加音乐会独唱的都是可铮的学生:崔宗顺、宋颂、梁妍、徐彬、颜泯涛、余笛、熊郁非、俞子正、张美林、有德乡、朱慧玲、戴玉强、郑咏、韩适(朗诵)等。嘉宾助演:魏松、任天。除独唱外,可铮的学生哈木提、俞子正、李春丰走上舞台,道出了对可铮感恩及怀念的心里话。参加合唱的有:徐汇区老年大学王述艺术合唱团、新加坡佳音合唱团、欧美同学会合唱团、欧美同学会普希金合唱团、南京师范大学音乐学院男声合唱团、上海师范大学女声合唱团、纽约华人爱乐合唱团。大家济济一堂,用深情的歌声、深切的感情,纪念"生命如歌"的温可铮。

在静安区政府和上海音乐学院的直接关怀和操作下,我们在南汇路的家于2009年正式挂牌为"温可铮旧居"。

2013年,"温可铮音乐家庭艺术馆"成立,时任上海音乐学院副院长廖昌永和区文化局领导参加了挂牌仪式。

2016年,应静安区七一中学、民立中学之邀,我为这两所学校的中学生开办了"怎样欣赏音乐"讲座。

2016年11月9日,应杭州市文艺馆之邀,为广大声乐爱好者作了题为"意大利美声唱法在歌剧中各个声部的特色"专题讲座。

2017年,又应浙江艺术学院、浙江外国语学院及浙江美术学院之邀作了题为"歌剧的魅力"专题讲座。

这些事原来都是由可铮来做的,现在由我接替他来做。

2017年10月19日经过多年的准备,在可铮中外学生的共同努力下,我们在南京艺术学院音乐厅,举办了一场纪念温可铮逝世10周年的音乐会。为什么这次会选择在南京举办?策划人孙振华、俞子正跟我讲,他们想到温老师走上声乐艺术道路的起点是在南京,走上第一个工作岗位也在南京,和王述老师认识、恋爱、最后结成夫妇也是从南京开始的。所以我们决定这场纪念音乐会在南京举办。这场音乐会的主题是"永远的怀念——纪念温可铮恩师音乐会",这场音乐会的形式体现了三代学生同堂,薪火相传、后继有人这一主旨。音乐会的开场曲由俞子正演唱《怀念曲》,他深情地唱出了对恩师的思念之情。接着由可铮的学生、学生的学生,为观众献上一首首感人的歌曲。此情此景使我感动、欣慰,感谢学生们努力地教

南汇路上的温可铮旧居铭牌

"温可铮旧居"挂牌仪式，右2为作曲家陈钢，右1为作家程乃珊

温可铮音乐家庭艺术馆内部陈设

时任上海音乐学院副院长廖昌永参加开馆活动

永远的怀念

学和演唱,使可铮的声乐事业得以代代相传。

参加这次演唱会的有:徐茜、施恒、吕玥诠、熊郁非、余笛、张立韬、张希、陈惠民、路琦、颜泯涛、王曦、王立民、杜园园、沈承芳、钱菁、方舟、张美林、有德乡、孙振华。钢琴伴奏:邵一言、刘子彧。演出最后,由我致答谢词。我走上舞台,心潮澎湃,10 年了,可铮的艺术事业在这里再一次得以发扬光大,我相信可铮在天之灵是欣慰的。出乎所有人的意料,我大步走向钢琴,弹了一首独奏曲,门德尔松作曲的《乘着歌声的翅膀》。我希望我的琴声和弟子们的歌声能张开翅膀,飞到可铮的身旁。最后一个节目是《老师,我想念你》,由参会全体学生一起演唱。这是一场充满深情、怀念、寄语、感恩的纪念音乐会,也是一场我永远不会忘记的音乐会。

2017 年 12 月 20 日下午,天空格外晴朗,气温也有所回升,上海国际贵都大饭店举办了本年度最后一场克勒门文化沙龙活动,主题是"爱的咏叹——歌唱家温可铮纪念音乐会"。我作为主讲人,还有可铮的学生,向在座的 200 多位嘉宾讲述可铮的故事。那天我特意穿了绛红色的套裙，刚登台就听见了热烈的掌声。主持人阎华说："王述老师是今天全场最美的风景，优雅、智慧、华贵、美丽。这种美里饱含着岁月的风霜、苦难的磨砺，有着一种坚韧的力量，这种美让我们敬重和勇敢。"整个下午，大家都沉浸在美妙的歌声和动人的故事中。也许他们为可铮一生的不懈追求所感动，也许他们为我们为艺术为爱情的结合所震撼，每个人的眼眶都湿润了。可铮的学生熊郁菲、施恒、陈惠民、余笛、吕玥荃、杜园园、钱菁、沈承芳、方舟，以及王述艺术合唱团的成员为音乐会献上了精彩的中外歌剧咏叹调及艺术歌曲等作品。克勒门的"掌门人"陈钢老师为这次沙龙活动倾注了心力，他在致辞中说："艺术和爱情是温可铮生命中两根最坚实的支柱，他用一生来告诉大家，什么是艺术，什么是爱情，什么是师道，什么是家教。

2018年5月，受台湾中原大学张光正校长之邀，我赴台北为该校硕士班的学生们开办了"歌剧的魅力""温可铮和我所走过的艺术道路"两场讲座，并为台湾的一位男中音歌唱家许德崇老师的独唱担任钢琴伴奏。

记得2001年11月19日，在台北新舞台举办的温可铮独唱音乐会和大师班讲课，许德崇老师曾参加过，并得到可铮的指导。这次在中原大学，他演唱了《教我如何不想她》《我住长江头》等5首可铮常在音乐会演唱的中国歌曲，以此来缅怀可铮，纪念可铮。

当我讲述可铮和我的艺术道路时，许多听众被感动得流泪了。讲课结束，张校长上台致辞，他说："我们盼望有一天，

在克勒门文化沙龙上弹奏

和作曲家陈钢、主持人阎华共同怀念可铮

王述艺术合唱团现场演唱《嘎欧丽泰》

中原大学张校长颁感谢状

我们两岸的朋友能共饮长江水。"是啊,我们都是炎黄子孙,都是中国人!

中原大学是一所由教会创办的有着 60 多年历史的综合性大学。当我踏进校门,一种亲切、高雅、人文的气息扑面而来,犹如回到了青年时代我所就读的金陵女子文理学院。我们一行 5 位老师:赵义林、周作民、童乾元、王闽和我,受到校方热情、温暖、细心的接待,让我们非常感动。

2018 年 6 月 13 日,我受宝山区人民政府侨务办公室、宝山区教育局、宝山区教育学院、欧美同学会宝山分会、宝山实验学校之邀,为了进一步推动音乐进社区、进校园,不断提升社会各界音乐欣赏水平和文化艺术修养,在宝山实验学校报告厅,再一次作了"歌剧的魅力"专题讲座。讲座由上海欧美同学会副会长王闽先生主持，宝山区小学音乐教师及实验学校七年级学生和老师等400多人到场。我特意选取10余首经典名曲，给大家分别介绍了男、女的各个声部的不同，音乐背后的故事以及各自的特点。我还和大家一起重温了可铮演唱的《酒鬼之歌》《教我如何不想她》等名曲。

最近我又开始和可铮的学生杜园园、曹妮娴，及我的好友杨雅军，一起整理可铮所有移调于男低音所用的手抄谱，及他的教学笔记，希望尽快出版，以填补男低音教材的空白。

上海是个老龄化社会，许多老人年轻时爱好音乐、喜欢唱歌，但由于工作、家庭的压力，都放弃了自己的爱好。现在退休了，空闲了，反倒想参加和做一些自己爱好的事。虽然我的年龄早超过八旬，很快将步入九旬，但我的身体还算健康，我和朋友们一起组建了徐汇区老年大学王述艺术合唱团。2017年，在深圳的全国合唱比赛中，我们获得金奖第1名。2018年又获得无伴奏合唱比赛金奖第三名（金奖共5名）。

多年来，我一直坚持每周不间断地去上海欧美同学会，为老教授合唱团担任钢琴伴奏及艺术指导，认识了许多新的朋友，从他们身上学习到许多优秀的品德。为此，我感到无比的幸福与快乐。

今天我能为社会做一点公益的事，我觉得很踏实。这是我作为一名文艺工作者，作为一位音乐老师的职责和使命。我会做到我生命的最后一刻，和可铮再相会。

可铮离开我的第二年，旅美好友张宇德医生和夫人文子到上海看望我。张医生很郑重地告诉我，温老师离开纽约回国的前一天，曾和他谈及身体健康、生理变化等许多心里话，最后可铮认真、感慨地说:"这一生没有王述就没有我温可铮。我现在感到很对不起她,年轻时我太看重自己的歌唱事业,而没有让她生一个孩子。她对我付出太多了,我都不知道怎样感谢、感激她。"张医生说:"当时温老师还流泪了。"张医生讲完,我已泪如雨下,我没想到可铮在世时还留下了这些话。虽然这些话他没有对我亲口说,或许他难以开口,或许一直没有机会说,但他对张医生说了,我已感到极大的安慰。他能理解、他能明白,我已经很幸福、很满足了。

自从可铮离开后,张宇德医生和文子每年都到上海来看望我,尤其关心我的身体是否健康,不仅带来纽约同学及朋友的关爱,还带我出去旅游散心。可铮的好兄弟、老同学姚学吾及夫人霞如经常打越洋电话表示思念和关心。王逸和夫人郭廷柯也不时地问候我。一次,我去纽约处理一些遗留的事情,傅运筹先生打来电话说:"王老师,明天我要带你去纽约大都会博物馆观看你的老祖宗王石谷的画展。"那天我去了,又惊奇,又兴奋,没想到在一间非常宽敞、高大的展厅里,展出了王石谷几十幅最精美的画。每幅画都挂在一个带着恒温的玻璃柜里。画作之精美、保护之完善,让我难以忘怀。这是我看到的展出王石谷画作最多的一次。

现在,我仍然保持每天练琴。过去是和可铮在一起练,琴瑟和谐。现在练琴使我能放下一切,带来的是平静。音乐的力量是伟大的,琴声中熠熠生辉的是永恒的生命之光。

我经常回忆起这几十年与可铮朝夕相伴的日子,我对他的艺术成就依然感到无比自豪。可铮这一生参加过2000多场演出,举办了300多场个人独唱音乐会,被誉为"当代的夏里亚宾"，他是中国人的骄傲。

　　温可铮，一个用生命拥抱艺术的人，一个为艺术历经磨难的人，一个唱响世界、桃李满天下的人。你是伟大的艺术家、歌唱家、教育家，我的世界因为有了你，才变得如此精彩，我的人生因为有了你，才变得如此美好。愿你的歌声永远伴着我，伴着热爱你的听众，给善良的人们送去欢乐、送去真诚、送去希望，愿你的歌声回荡在天空，永远、永远。

多首歌剧咏叹调,今后若要出版,只要把王老师的钢琴伴奏抽掉,就可以配入乐队了。"可铮很重视这张 CD,一直想把它改配成乐队伴奏。他离世后,我就决心为他做好这件事。可是他唱的歌剧咏叹调在国内都找不到歌剧乐队的总谱。我又亲自去了一次美国,我想在纽约一定能找到这些歌剧乐队的总谱。在学生火磊的帮助下,其他的歌剧乐队总谱都找到了,只有一首《迷人的森林》的总谱没找到。我跟火磊说:"找不到,就不找了,把这首歌从中抽掉。"可是我回国后,火磊不甘心,他就找了 3 位音乐出版商,前两位都说没有这份乐队总谱。火磊问:"为什么这部歌剧没有总谱?"两位出版商都说:"此部歌剧,写得非常早,现在已经遗失了,但这首男低音咏叹调写得实在太好了,所以被保留了下来,但只有钢琴伴奏谱。"我真不知道可铮是从哪个图书馆的乐谱中见到了这首特别抒情、好听的咏叹调,是可铮看着乐谱上的表情要求自己练出来的。火磊又打电话给第三位音乐出版商,那位出版商说:"我有乐队总谱。"火磊欣喜若狂,高兴地说:"您能复印一份给我吗?"出版商说:"不能,但你可以来看。"火磊问:"你书店在那儿?"他说:"在迈阿密。"火磊说:"我在纽约,坐飞机到你处也要好几小时,那就不谈了。"谁知,过了 3 天,出版商打电话来说:"我听你说话的音色,你是一位男高音,为什么你要男低音的谱子?"火磊说:"我不是为我自己,我是为我的老师要的。"接着他就讲了可铮的一些故事给他听。出版商听后就挂断了电话。火磊感到很失望,这次是真没有希望了。但没有想到,又过了 3 天,出版商又打来电话:"谢谢你,你讲的故事感动了我,因为你对老师的深情,乐队总谱我已快件寄出。"乐队的总